Copyright © 2010 bij Uitgeverij De Eekhoorn BV, Oud-Beijerland

CIP-gegevens Koninklijke Bibliotheek, Den Haag

Kan Hemmink, Henriëtte

4-Ever Dance – Alles of niets!/ Henriëtte Kan Hemmink
Internet: www.eekhoorn.com
Redactie: Brigitte Akster
Eindredactie: Cindy Klompenhouwer
Vormgeving: Met DT, Zwijndrecht

ISBN 978-90-454-1465-2/ NUR 283

4 Ever Dance

Alles of niets!

Henriëtte Kan Hemmink

De Eekhoorn

Bedankt, Aniek Achterkamp en Sarien Westenberg!

Jullie hebben mij heel veel verteld over het dansen.
Maar vooral veel laten zien.
Wat ik heel bijzonder vind, is jullie passie voor het dansen!
De titel van de serie slaat dan ook helemaal op jullie.

4Ever Dance!

1

De spiegel

Zijn moeder vindt die moderne 'Beatle look', zoals ze dat noemt, bij hem passen.

Hij inspecteert zijn kapsel in de spiegel.

De jongen tegenover hem trekt een grimas.

'Doe het!' zegt hij tegen hem.

De jongen aarzelt.

'Je wilt het toch uitproberen?'

'Ik weet niet...'

'Het is spannend.'

'Maar ik zal moeten kiezen.'

'Wie zegt dat?'

'Het komt uit.'

'Misschien niet.'

'En dan?'

'Kicken!'

Ze lachen samenzweerderig naar elkaar.

'Moet ik iets proberen of het juiste moment afwachten?'

'Ik zou iets proberen.'

2

Link!

Sara Duinhoven stapt de keuken in en knikt naar Martin en Esther, haar oom en tante, die aan tafel zitten.

'Goedemorgen,' groet Esther opgewekt. 'Lekker geslapen?'

Sara komt 's morgens vroeg liever niemand tegen. En al helemaal geen opgewekte mensen. 'Kon beter,' antwoordt ze.

'Gedroomd?'

'Weet ik veel.'

Martin houdt de theepot vragend omhoog.

Sara schudt haar hoofd. 'Is er koffie?'

Esther en Martin wisselen een blik.

'Toevallig niet,' zegt hij.

's Morgens wordt er nooit koffie gezet. Dat weet ze.

Sara werpt een onderzoekende blik door het raam naar buiten. 'Bewolkt, droog. Heen wind mee,' constateert ze mompelend.

Ze moet zes kilometer fietsen om bij Dans Academie Roosburch te komen. Aan regen en harde wind heeft ze een bloedhekel.

Ze draait zich met tegenzin om en kijkt naar de twee mensen aan tafel. Van hen moet ze zich aanpassen aan huisregels die zij opgesteld hebben.

Een drama!

Ze is dertien en kan zelf nadenken.

'Wij zijn verantwoordelijk voor jou,' zei Esther eens in een poging om het haar uit te leggen. 'En willen het beste voor jou.'

Sara kijkt haar oom en tante vluchtig aan en verdwijnt naar buiten.
Als ze op haar fiets zit, komen er tranen in haar ogen.
Ze wil vrij zijn.
Dansen!
Doen wat zij wil.
Niet leven naar de regels van anderen.
Ze past zich genoeg aan.
Zien ze dat dan niet?
Was alles maar weer zoals vroeger...
Uit een jaszak diept ze een papieren zakdoek op.
Ze snuit haar neus.
Straks, als ze in de oefenzaal danst, vergeet ze die ruzie wel.
Sara hoopt dat de band tussen Chrissy van Dungen en haar sterker zal worden.
Vanaf de eerste dag op Dans Academie Roosburch kregen ze ruzie om niets. En dat is in de weken daarna vaker gebeurd. Meestal gaat het prima tussen hen, maar dan opeens is er 'crisis' en ergeren ze zich groen en geel aan elkaar.
Chrissy en Sara zijn nogal verschillend van karakter; Chrissy rustig en sociaal, Sara driftig en eigenwijs.
De grote overeenkomst tussen hen is dat ze allebei een grote droom hebben; dansen!
Chrissy en Sara zijn met nog elf andere kinderen toegelaten op de speciale vooropleiding van Dans Academie Roosburch.
In het voorjaar moesten ze audities doen. Dat was een spannende tijd.
In Nederland bestaan weinig van deze scholen die speciaal bedoeld zijn voor jonge dansers met talent.
Op de academie volgen ze de gewone lessen van het

voortgezet onderwijs waarin ze examen moeten doen. Vakken zoals gymnastiek, muziek en handvaardigheid vervallen. Daarvoor in de plaats krijgen ze van verschillende docenten dansles in allerlei stijlen. Van klassiek ballet tot streetdance.

De dertien kinderen van klas 1D vinden het geweldig op de academie!

Sara kijkt op haar horloge. Met een beetje geluk, kan ze een half uur lang dansen.

Zal ze Chrissy bellen en vragen of ze al onderweg is? Sara aarzelt. Chrissy houdt er niet van om geclaimd te worden. Zodra ze het gevoel heeft dat dat gebeurt, laat ze het snel afweten. Daarom is Sara voorzichtig met bellen of mailen. Ze kent weinig mensen in Roosburch. Niet dat het erg is. Maar thuis zit ze opgescheept met haar oom en tante die haar nauwlettend in de gaten houden. Daarom zou het fijn zijn als ze in Roosburch iemand leert kennen, waar ze naar toe kan gaan.

Er wordt ergens een scooter gestart.

Een afschuwelijk snerpend geluid.

Zoekend kijkt ze over haar schouder richting Hevelem, waar ze sinds kort op de boerderij woont.

De scooter is nergens te zien.

Pas als het geluid sterker wordt, ontdekt ze hem rechts van haar. De bestuurder rijdt over een smal pad dat vanuit het bos naar de weg loopt.

Er is iets vreemds aan zijn manier van rijden.

De scooterrijder draait af en toe de gashendel open.

Sara doet alsof ze hem niet ziet.

Ze vertrouwt het niet.

Er bekruipt haar een onheilspellend gevoel.

'Er is geen reden om me ongerust te maken', denkt ze en ze

probeert die gevoelens te negeren.
Hij probeert haar aandacht te trekken.
Dat doen jongens wel vaker.
Ze merkt dat haar hart sneller slaat als ze de T-splitsing nadert.
De jongen remt af, zet zijn voeten op de grond en doet de klep van zijn helm omhoog.
Sara probeert niets van haar onzekerheid te laten merken.
Het gekke is dat ze zich bijna nooit onzeker voelt bij jongens.
Nu voelt het anders.
Waarom?
Een stemmetje in haar hoofd waarschuwt onophoudelijk.
'Heey!' groet de jongen van onder zijn helm vandaan.
Sara groet terug.
Ze fietst door.
Jammer! Ze kon niet zien wie het was. Zijn gezicht viel weg in de schaduw van de brede helmrand.
Stopte hij om een praatje te maken?
Sara durft niet achterom te kijken.
De jongen geeft gas en passeert haar. Niet snel, niet langzaam, maar met gemiddelde snelheid.
Opgelucht haalt ze adem.
Hij rijdt richting Roosburch, net als zij.
Ze volgt hem met haar ogen.
Tweehonderd meter verderop remt hij opnieuw af.
Sara's ogen schieten van links naar rechts. Nergens een mens te bekennen.
Wacht hij haar op?
Sara is op haar hoede.
De jongen zet de scooter op de standaard. Hij kijkt tweemaal over zijn schouder naar Sara, die ogenschijnlijk

rustig doorfietst.

Haastig pakt hij een envelop uit zijn rugzak en loopt een paar meter het bos in.

Als ze langs de scooter fietst, ziet ze nog net dat hij een envelop onder een omgevallen boom legt.

Is het de bedoeling dat ze ziet wat hij doet?

Sara begrijpt er niets van.

Ze stapt niet af.

Te link!

3

Waarschuwing

Sara is blij als ze door de smalle straten van Roosburch fietst.

De jongen op de scooter heeft ze niet meer gezien. Ze heeft geen idee waar hij naar toe is gegaan.

Sara begrijpt niet waarom hij op die plek in het bos een envelop heeft achtergelaten.

Was het de bedoeling dat zij dat zag?

Helaas kan ze geen duidelijk signalement van de jongen geven. De kleur van zijn jas, helm en scooter herinnert ze zich nog wel. Ze vermoedt dat hij een jaar of zestien is. Dat is het enige wat ze over hem kan zeggen.

Of ze zijn stem zal herkennen, is de vraag. Hij droeg een helm toen hij haar groette.

Langzaam ebt de spanning uit haar weg.

Ze probeert de jongen uit haar hoofd te zetten.

Als ze tussen de bomen door een glimp van de dansacademie kan opvangen, voelt ze zich trots. Als één van de weinigen is ze toegelaten en krijgt ze de kans haar grote droom om danser te worden, waar te maken.

Een groots gevoel!

Dans Academie Roosburch ligt op een prachtige plek tegen het stadscentrum aan.

Roosburch is geen grote stad, maar wel gezellig. Dat heeft alles te maken met het middeleeuwse karakter. Grachten, pleintjes, steegjes en monumentale panden uit de Gouden Eeuw.

De academie is op eeuwenoude fundamenten van een oud kasteel gebouwd.

De voorzijde is modern. Aan de achterzijde is nog een groot deel van het gerestaureerde kasteel te zien. Moderne bouwelementen vallen prachtig samen met de restanten van de oorspronkelijke bouwstijl.

De officiële danszaal is op de eerste verdieping van het kasteel te vinden. Een prachtige ruimte die door de vele ramen volstroomt met daglicht.

Achter het gebouw is een deel van de slotgracht intact gebleven. Via een open verbinding naar een riviertje kun je met een kano of roeiboot leuke tochtjes maken.

Sara hoopt dat ze Chrissy een keer kan overhalen om een tocht over het water te maken. De kans is groot dat ze geen zin heeft. Want Chrissy heeft sinds kort verkering met Stefan. Dat betekent waarschijnlijk dat ze zich alleen maar met hem bezig houdt.

Haar wereld is verkleind tot Stefan.

Sara zucht.

Diep in haar hart zou ze willen dat Chrissy een echte vriendin wordt. Maar Stefan is altijd in de buurt. Hij zit ook in de dansklas. Uit ervaring weet Sara dat verliefde mensen alleen maar oog voor elkaar hebben, dus...

Sara's blik dwaalt langs de oude bomen van het prachtige park dat vroeger rondom de academie is aangelegd.

Wanneer je eenmaal op het terrein van de dansacademie bent, heb je het gevoel ver van de bewoonde wereld te zijn.

Sara loopt naast haar fiets over de oude binnenplaats naar de fietsenstalling. Er staan nog niet veel fietsen. Ze is vroeg.

De fiets van Chrissy staat er niet.

Zal ze hier wachten of naar de oefenruimte gaan?

De ruimte kan in principe door iedereen gebruikt worden. Meestal reserveren groepjes de zaal om ongestoord te kunnen oefenen. 's Ochtends is het meestal niet druk. Het is een kwestie van onderling overleggen met de andere dansers. Door rekening met elkaar te houden kan iedereen een deel van de zaal gebruiken.

Soms vindt Sara het heerlijk om alleen te dansen, maar vandaag niet. Ze heeft een vreemd, onbestemd gevoel in haar buik.

Wanneer ze binnen door de lange gang loopt, voelt ze zich rustiger worden.

Wat kan het haar schelen; ze wil dansen! Dan maar in haar eentje.

Het is zinloos om te wachten.

Sara gaat naar de oefenruimte.

De stilte in het grote gebouw voelt mysterieus aan.

Ze aarzelt.

Het lijkt wel alsof er iets dreigends in de lucht hangt.

'Kom op,' fluistert ze en stapt de kleedkamer binnen.

Het is de ruzie met haar oom en tante die haar dwarszit.

Het gebeurt steeds vaker, om niets.

Die scooterjongen blijft ook in haar gedachten.

Sara denkt aan de ademhalingsoefeningen die ze geleerd heeft van een zangdocent. Ze probeert rustiger te worden en zich te concentreren op het dansen.

Dat is wat ze wil!

De combinatie van een aantal sprongen lukt haar niet goed. Dat wil ze oefenen.

Iedereen zegt dat ze talent heeft, maar de laatste tijd wordt ze er steeds vaker op gewezen dat haar techniek niet goed is. Dat heeft haar onzeker gemaakt. Ze heeft geen, zoals een stel anderen uit 1D, balletles gehad. Extra oefenen kan dus geen kwaad.

Er is niemand in de zaal.

De stilte gonst.

Sara loopt een paar rondjes en vervolgt haar warming-up aan de barre.

Het is belangrijk dat haar spieren goed opgewarmd zijn, voordat ze met dansen begint. Dat was eigenlijk één van de eerste dingen die ze geleerd heeft om blessures te voorkomen.

Voordat ze begint met haar sprongen, oefent ze een Flatback. Dat lijkt niet moeilijk, maar is het wel.

Van je rug maak je een tafeltje, zo recht dat er een kopje thee op zou kunnen staan. De rugspieren moeten strak aangespannen worden. Het moeilijkste van dit alles vindt Sara dat je in plaats van naar achteren, naar voren moet leunen.

Op de tenen dus. En dan is evenwicht heel belangrijk.

De leerlingen van groep 1D kregen vanaf het begin te horen dat elke beweging die ze dansen, volledig afgemaakt moet worden. Vaak ben je te gehaast en bezig met de stap of sprong die je daarna moet maken. Wanneer de bewegingen niet afgerond worden, ontstaat er geen harmonie in de dans. Dat maakt het geheel onrustig en slordig.

Dansen is complex.

Je moet niet aan ruzies of jongens denken.

Het hoofd moet leeg zijn!

Dat is geen makkelijke opgave.

Sara haalt diep adem.

Ze hijst haar beenwarmers op en sluit haar ogen een paar seconden. Dan strekt ze beide armen boven haar hoofd, spant langzaam haar spieren aan, buigt voorover en blijft met een licht gebogen rug staan. Rustig bouwt ze het begin van de dansoefening op met een Pas de Bourré, een Pirouette gevolgd door een korte rust. Dan komt de Flatback, kniebuiging en Scoop.

Rust.
Lang blijft ze deze oefeningen niet doen.
Sara houdt van snelheid en kracht.
Van hiphop.
Iedereen heeft voorkeur voor een bepaalde stijl. Hiphop is haar ding; snel en strak.
Jazz is met veel emotie en bij die dansstijl moet je meer letten op netheid en plaatsing van de armen en benen. Wanneer je geen gevoelig type bent, is jazz waarschijnlijk te moeilijk en als je niet snel kunt dansen, is hiphop lastig. Iedereen heeft zijn eigen voorkeur en talent.
Sara houdt van actie; gooien, draaien, vegen, kicken…
'Sara!'
Verbaasd draait ze zich om.
Leine, haar jazzdocent, staat in de deuropening.
'Hallo!' groet Sara. 'Ik had u niet gezien.'
'Ik sta hier al even.' Leine knoopt een vest om haar middel, terwijl ze dwars door de zaal naar Sara loopt. 'Je bent de enige?'
'Ja.'
'Wat is er aan de hand?'
Sara trekt een verbaasd gezicht. 'Niets.'
Leine glimlacht hoofdschuddend. 'Dat maak je mij niet wijs. Ik zie aan je manier van dansen dat er iets is. Je zit in je hoofd, niet in je lijf.'
Sara haalt haar schouders op.
'Boos?'
'Op wie?'
'Jezelf?'
Sara grinnikt. 'Nee hoor.'
Op de gang klinken vrolijke stemmen.
Studenten komen binnen.

'Is het al zo laat?' Sara bukt om haar trui van de grond te pakken.

'Wat je danst, ben je zelf,' zegt Leine nadrukkelijk.

Sara negeert haar woorden en loopt in de richting van de kleedkamer.

'Als er problemen zijn, wil ik graag dat je daarover met één van de docenten praat.'

'Er is niets.'

'Binnenkort gaan we evalueren.'

'Weet ik.' Sara blijft aarzelend in de deuropening staan.

'Op alles wordt gelet.'

Sara weet dat docenten op basis van een totaalbeeld zullen oordelen of ze geschikt zijn om leerling van de dansacademie te mogen blijven. Vanaf het begin is hen duidelijk gemaakt dat er hoge eisen aan elke leerling van klas ID worden gesteld. Daarover hoeft ze nu geen preek.

Elmy, Nynke, Anne, Quinty, Denise, Amarins, Linde, Vera, Coen, Rachid, Stefan, Chrissy en Sara weten dat hun plek op de academie niet vanzelfsprekend is. Elke keer opnieuw moeten ze door middel van evaluatiemomenten laten zien dat ze aan alle eisen voldoen. Alleen op die manier kunnen ze hun plek op de opleiding veilig stellen.

Vlak voor de herfstvakantie zal het eerste evaluatiemoment plaatsvinden. Dat duurt niet lang meer. Als Sara er aan denkt, wordt ze zenuwachtig. Ze weet dat iedereen onder de indruk is van haar talent, maar daarmee komt ze er niet. Ze moet veel oefenen en vooral de basistechnieken van ballet onder de knie zien te krijgen.

Dat Leine over het evaluatiemoment begint, zint haar niet. Het versterkt haar gevoel dat iedereen zich met haar bemoeit. Esther, Martin en nu Leine ook nog eens! Bah. Ze moeten haar met rust laten.

Leine blijft roerloos staan en kijkt Sara aan zonder een woord te zeggen.

'Ik heb niets te vertellen,' benadrukt Sara snibbig.

'Sara, je hebt een groot talent voor dansen. Maar wie niet goed in zijn vel zit, zal tijdens het evaluatiemoment niet kunnen laten zien wat hij of zij werkelijk kan!'

'Het is dus alles of niets?'

'Ga daar maar van uit.'

Sara perst haar lippen op elkaar. 'Ik heb gewoon mijn dag niet.'

Leine knikt begripvol. 'We zijn er om te helpen.'

'Weet ik.' Sara staart naar de grond als Leine wegloopt. Ze zal iets moeten doen aan die knagende onrust, denkt ze. Die waarschuwing gaf Leine niet voor niets.

4

Dramaqueen

Chrissy zet haar fiets in de stalling en ontvangt tegelijkertijd een sms'je van Stefan.

Ik ben bijna op school.
Zie je zo.
Stefan.

Chrissy pakt haar spullen en loopt langs een groep oudere studenten over de binnenplaats naar de hoofdingang van het gebouw.

Soms waant ze zich zomaar opeens in vroegere tijden. Er is best veel bewaard gebleven van het middeleeuwse kasteel dat ooit op die plek stond.

Vroeger las Chrissy graag over de middeleeuwen. Vooral de verhalen over jonkvrouwen en ridders te paard.

'Waar denk je aan?'

Chrissy draait zich om en kijkt recht in Stefans gezicht. Hij is een hoofd groter dan Chrissy. Zijn gezicht is smal, zijn ogen blauw en het blonde haar kort geknipt. Hij is niet knap, maar Stefan heeft een bijzondere uitstraling. Iedereen mag hem graag. Hij is aardig, belangstellend en eerlijk. Daar komt nog eens een dosis vrolijkheid en positiviteit bij.

En, juist die leuke jongen, met die opvallende uitstraling, is verliefd op haar. Chrissy kan het soms bijna niet geloven.

Toen ze in groep zeven zat, had ze een vriendje. Maar dat stelde niet veel voor.

Hoe leuk dit ook allemaal is, Chrissy heeft wel haar twijfels.

Ze is niet iemand die in vanzelfsprekendheid gelooft.
Stefan is verliefd.
Zij ook.
Maar wat betekent dat eigenlijk?
Waarom wordt iemand opeens het middelpunt in iemands leven, terwijl er zoveel andere mensen zijn?
Wat is de chemie tussen verliefde mensen?
Waarom willen ze elkaar aanraken en zoenen?
Gisteren ontdekte ze op het internet een website van een meidenmagazine waarop verhalen van verliefde mensen te lezen waren.
Voorheen lette ze niet op die dingen.
Nu wel.
Ze heeft anoniem een paar vragen over verliefdheid op de site gezet. Vanochtend, voordat ze naar school ging, had ze snel gekeken. Een paar mensen hadden gereageerd.

*Je voelt je boven alles uitstijgen. Niet alleen hij, maar ook jij bent belangrijk.
De wereld draait om jou en hem.
Dat geeft een fantastisch 'wij' gevoel.
Er kan je niets meer gebeuren. Tenminste dat denk je...
☺ Jaimy

*Mijn vriend is alles voor mij.
Ik voor hem. Dat gaat noooooit meer over!
xxx Merel.

*Mijn gewone vrienden en vriendinnen zie ik bijna nooit meer. Ik wil bij mijn vriend zijn en zijn arm om me heen voelen. Meer niet. Dat is voor mij geluk.
Annemarije

*4 Ever Lief-hebben!
  Yoel

*Verliefde mensen horen bij elkaar.
Daar gaat het om. Je bent niet alleen, maar samen!
Je kunt de hele wereld aan.

                              Guusje

Chrissy was opnieuw tot de conclusie gekomen dat ver-
liefdheid een vreemd fenomeen is dat met geen mogelijk-
heid valt te verklaren.
Je moet het meemaken!
Stefan legt zijn handen op Chrissy's schouder en buigt
voorover om haar te zoenen.
Haastig draait ze haar hoofd opzij. 'Wat doe je?'
'Een kus geven.'
'Niet hier!'
Stefan lacht verbaasd. 'Niet?'
'Niemand hoeft het te zien.'
'Kom op zeg!' Stefan trekt haar onverwachts tegen zich
aan. Chrissy probeert zich los te wurmen. Hij lacht. 'Als ik
jou een kus wil geven, geef ik jou een kus.'
'Dat hoor ik graag,' giechelt ze.
'Zie je wel. Schaam jij je?'
''n Beetje.'
Stefan houdt haar stevig bij de bovenarmen vast en kijkt
haar fronsend aan. 'Voor mij?'
Uitdagend schudt ze haar hoofd.
Als Stefan haar toch snel een kus geeft, vergeet ze de we-
reld om haar heen.
Het lijkt alsof ze op fluwelen vleugels naar het paradijs
zweeft.

'Nu is het wel genoeg,' zucht Chrissy.

'Het is nooit genoeg!' Stefan slaat zijn armen opnieuw om haar heen, maar Chrissy duikt weg en gaat er als een speer vandoor, twee tassen met zich meezeulend.

Met moeite kan ze een paar fietsende studenten ontwijken.

'Wat is hier aan de hand?!' roept een jongen met zwart geverfd haar.

'Jonge hondjes die achter elkaar aanrennen,' antwoordt de ander. 'Schattig!'

De jongen met het zwarte haar springt van zijn fiets en kijkt hen na. 'Hoe lang zou deze geweldige liefde standhouden?'

'Zullen we wedden?' stelt de ander voor.

'Twee maanden.'

'Zo lang?'

Lachend verdwijnen ze in de stalling.

Chrissy staat bij de kastanjeboom op Stefan te wachten.

'Dat bedoel ik dus...' Ze wijst naar de jongens.

'Kun je daar niet tegen? Dat is gewoon plagen.'

'Ze vergelijken ons met puppies; onnozel en speels.'

'Maar wel lief!'

Chrissy deelt een stomp uit.

'Niks van aantrekken. Ik weet beter.'

'Hoe zie jij het dan?'

'Ik ben blij met jou.'

'Ik wil geen jonge hond genoemd worden.'

'Ik zal me gedragen,' belooft Stefan.

'Erewoord?'

'Erewoord!' Stefan maakt een bezwerend gebaar.

'Wat betekent dat dan?'

'Dat we om onze reputatie moeten denken. Ik zal je niet

meer in het openbaar zoenen. We zullen laten zien dat wij een keurig stel zijn.'

Hand in hand lopen ze naar de hoofdingang.

Beneden staat Sara bij een raam. Had zij ook maar iemand. Net als Chrissy.

Als Chrissy haar kant op kijkt, zwaait Sara.

Chrissy ziet het niet.

Langzaam zakt Sara's hand naar beneden.

Ze gaat terug naar de danszaal om op de anderen te wachten.

Bijna iedere ochtend beginnen ze met twee uur dansles. De rest van de schooldag bestaat uit het volgen van theorievakken.

In de hal komen Chrissy en Stefan de andere klasgenoten tegen. In een optocht lopen ze naar de oefenruimte.

In de kleedkamer treffen ze Sara, die stilletjes in een hoek op de bank zit en zich niet bemoeit met de gesprekken van de anderen.

Chrissy snapt niet wat er is en vraagt zich af of ze aandacht probeert te trekken.

Wanneer ze zich heeft omgekleed, loopt ze naar Sara. 'Je was zeker vroeg.'

'Ik heb een half uur geoefend.'

'Goed van je.'

'Ik zal wel moeten. Leine gaf me een waarschuwing.'

'Waarom?'

'Ze maakte me duidelijk dat het evaluatiemoment een 'alles of niets' verhaal is.'

'Dat is niet waar,' beweert Chrissy met een blik vol ongeloof. 'Ben jij bang dat je een slechte beoordeling krijgt?'

'Ja.'

'Die krijg jij niet!'

'Mijn techniek is niet goed…'

'Dat is een kwestie van oefenen.'

'Het lukt me niet.'

'Wat ben jij pessimistisch. Jij hebt het meeste talent van iedereen.'

'Ik heb er geen goed gevoel over.'

'Dramaqueen!'

Sara recht haar rug en loopt naar de zaal.

'Zeker iets verkeerds gezegd,' mompelt Chrissy.

5

De envelop

Chrissy kijkt rond.

Stefan staat met Elmy en Rachid praten.

Sara oefent bij de barre en keurt Chrissy geen blik waardig.

Leine zit op een stoel en bestudeert aandachtig een vel papier.

Chrissy kijkt weifelend rond en besluit naar haar toe te gaan.

Nu is er niemand.

'Mag ik wat vragen?'

Leine kijkt verrast op en vouwt het papier dubbel. 'Natuurlijk.'

'Zou je ons kunnen uitleggen hoe dat allemaal precies gaat met het evaluatiemoment?'

Leine, een kleine, tengere vrouw, staat op. 'Dat is toch al uitgelegd?'

'Ja, maar nu is het bijna zover.'

'Zenuwachtig?'

'Een beetje.'

'In de beoordeling zal de houding en inzet ook meetellen.'

'Is die goed?' vraagt Chrissy met een onzeker lachje.

'Dat vraag je mij?'

'Jullie beoordelen ons.'

'Een diplomatiek antwoord,' lacht Leine.

'Zijn er mensen die een slechte beoordeling kunnen krijgen?'

'Ik kan niet in de toekomst kijken.'

Chrissy slaakt een vermoeide zucht. Hier schiet ze niets mee op.

'Zijn jullie streng?'

'Maar rechtvaardig.'

'Hoe groot is de kans dat er na de herfstvakantie iemand van onze klas naar een andere school gestuurd wordt?'

'Is dit een interview?' Leine haalt haar schouders op. 'Ik kan niet op de zaken vooruitlopen.'

Chrissy is niet tevreden met de antwoorden. Zouden er over een paar weken een paar kinderen van groep 1D afscheid moeten nemen van Dans Academie Roosburch? Het ergste wat haar zou kunnen overkomen is dat ze van de dansacademie af moet. De gedachte alleen al maakt haar somber.

Leine wrijft met haar hand over Chrissy's rug. 'Het liefst willen we iedereen op de academie houden. Dat is ons streven.'

Wat heeft ze hier nu aan?

Aarzelend gebaart Chrissy in Sara's richting. 'Volgens mij ziet ze het niet meer zitten. Ze denkt echt dat ze naar een andere school moet, omdat ze de basistechnieken niet goed kan.'

Leine schudt het hoofd en staat een paar seconden later tegenover Sara. 'Denk je nou echt dat de docenten vinden dat je alles moet kunnen? Zo snel laat jij je toch niet uit het veld slaan?' zegt Leine. 'Iedereen kent momenten van twijfel. Dat hoort bij het vak en daar moet je mee leren omgaan.'

Chrissy blijft op een afstand wachten, totdat Leine teruggelopen is.

'Ik heb gevraagd hoe dat nou precies zit met het evaluatiemoment,' vertelt Chrissy zachtjes.

'Je hebt dus over mij gepraat.'

'Nee.'

'Ik zag jullie kijken.'

Chrissy negeert haar opmerking. 'Leine zegt dat ze streng, maar rechtvaardig zullen zijn.'

'Duidelijk toch.'

'Je hoeft nergens bang voor te zijn.'

'Alsof jij daar verstand van hebt.'

Een paar seconden is het stil.

'Gewoon logisch denken,' mompelt Chrissy.

'Ik ben geen dramaqueen.'

Chrissy haalt diep adem. 'Je doet alsof.'

Sara wil boos reageren, maar als ze de plagende blik in Chrissy's ogen ziet, glimlacht ze. 'Oké, ik ben het niet, maar doe alsof.'

'Highfive?'

Sara slaat tegen de opgestoken hand van Chrissy.

De spanning ebt langzaam weg.

'Ik denk dat het allemaal wel mee valt met die evaluatie.'

'Ik hoop dat je gelijk hebt,' antwoordt Sara lusteloos. 'Ik ben vandaag niet in vorm.'

'Daar heeft iedereen wel eens last van.'

'Wat als ik dat ben als we die evaluatie hebben?'

Chrissy haalt haar schouders op. 'De mensen die ons beoordelen prikken daar wel door heen. Ga je mee, dan gaan we dansen!'

Leine vraagt groep 1D in een kring op de grond te gaan zitten.

Stefan zit tussen Quinty en Rachid in.

'Moeten we van plaats wisselen?' vraagt Quinty met een brede grijns.

'Niet nodig.' Chrissy schudt haar hoofd. 'Als ik naast jou zit, kan ik me beter concentreren op de les.'

De meisjes lachen.

Stefan schenkt Chrissy een lieve glimlach.

'Nog even en ik smelt weg,' fluistert ze in Quinty's oor.

Sara zit in de kring tegenover Chrissy, haar blik op de grond gericht.

'Voordat we met de warming-up beginnen, wil ik wat vertellen over het evaluatiemoment dat binnenkort voor jullie allemaal zal plaatsvinden.' Ze kijkt het kringetje rond. 'Of we streng zullen zijn? Ja! Deze vooropleiding op de Dans Academie van Roosburch is geen gezelligheidsclub. Hier wordt gewerkt, hier worden talenten van de individuele leerlingen zoveel mogelijk ontwikkeld. Geloof me, dat gebeurt met veel zorg en aandacht voor elke leerling. Wanneer jullie straks beoordeeld worden op allerlei onderdelen die bij de opleiding én het dansvak horen, gaat het uiteindelijk om het totaalbeeld van de danser. Als groep dansen jullie gezamenlijk een choreografie. Maar we willen ook een solootje zien en een paar verplichte sprongen. We hebben daar eerder over gesproken. Er mogen geen misverstanden over ontstaan. Er wordt altijd rekening gehouden met wat je kunt én hoe de persoonlijke ontwikkelingen zijn, sinds je hier begonnen bent. We hebben verwachtingen en vinden dat je na zes weken op deze vooropleiding bepaalde dingen moet kunnen en wat dat punt betreft zullen we streng zijn. Jullie zijn getalenteerde jonge dansers. Maar talent alleen is niet genoeg. Ook dat hebben jullie herhaaldelijk gehoord. Je zult een groot incasseringsvermogen moeten hebben. Als danser ben je kwetsbaar. Alles wat er te zien is, dat ben jij. Een danser kan zich niet verstoppen. Ondanks kritiek moeten je in jezelf blijven geloven. Zelfvertrouwen is belangrijk. Wanneer je dat hebt, kun je de sterren van de hemel dansen. Dan ben je van top tot teen danser en dat straal je uit. Die momenten maken je ongelooflijk sterk en geven een kick.

'Gaan er koppen rollen?' vraagt Coen.

'Hangt van jullie af.'

'Ik denk het niet!' roept Denise zelfverzekerd.

'Waarom niet?' wil Vera weten.

'Omdat het optreden dat we vorige week hebben gehad, heel goed ging. Iedereen was laaiend enthousiast.'

'Het publiek beoordeelt ons anders dan docenten,' onderbreekt Nynke.

Leine lacht. 'Ik wil jullie een wijze raad geven.'

Het wordt doodstil in je oefenzaal.

'Denk niet steeds aan dat evaluatiemoment. Dat veroorzaakt onnodige stress. Ga verder met dat waar je mee bezig bent. Wie voor bepaalde dansstijlen meer moet oefenen, doet dat. Denk niet van tevoren, dat het je niet lukt. Die insteek is verkeerd. Als je zo bezig bent, kan ik eigenlijk nu wel zeggen dat je het nooit ver zult brengen als danser. Je moet in jezelf geloven. Wanneer je techniek en allerlei andere dingen beheerst, maar niet in staat bent om vanuit je innerlijk te dansen, word je nooit een goede danser.' Leine pauzeert een ogenblik om de veelheid aan woorden op de groep te laten inwerken. Dansen moet vanuit je diepste binnenste komen. Zo simpel is het. Voor jullie is dat lastig te beseffen misschien. Er moet getraind worden. Dag in dag uit. Maar probeer het altijd met plezier te doen! Anders kun je beter stoppen. Begrijpen jullie dat?'

Bijna iedereen knikt bevestigend.

'Het plezier van dansen moet écht zijn!' benadrukt Leine.

'Dansen is kunst. Maar het moet geen kunstje worden.'

'Word je afgewezen als je niet alle stijlen goed kunt?' vraagt Elmy.

'Natuurlijk niet,' antwoordt Leine. 'Je bent hier om te leren.

Als je als danser alles kunt, hoef je hier niet te komen. De ene danst beter hiphop en de ander is goed in ballet. Dat weten we en dat is geen probleem. Elke danser is uniek. Een commissie beoordeelt een aantal punten. En die punten zijn allemaal belangrijk. Er wordt naar jouw talent gekeken, maar ook naar je fysieke gesteldheid. Je rug mag geen problemen vormen. En met zwakke enkels kom je niet ver in de danswereld. De commissie wil weten of er verbetering in jouw ontwikkeling zit en ze letten op de uitstraling en werkhouding. Jullie snappen wel dat er na een week of zes een ontwikkeling te zien moet zijn. Jullie weten zelf ook wel of je beter bent geworden.'

'Is het wel eens gebeurd dat een danser na het eerste evaluatiemoment van de academie gestuurd is?'

Leine denkt na. 'Deze vooropleiding is nieuw. Jullie zijn de eerste groep. Op de dansacademie is het een paar keer gebeurd.'

'Ik krijg vast last van knikkende knieën,' voorspelt Linde.

'Het valt allemaal best mee. Laat het los. Dans met plezier.'

Er worden nog een paar vragen gesteld.

Iedereen is op zijn of haar manier met het evaluatiemoment bezig. En dat is ook begrijpelijk.

'Wanneer je veel oefent, gaat het dansen makkelijker en natuurlijker. Techniek is belangrijk en je kunt niet zonder. Maar met alleen techniek red je het niet. Het is zeer belangrijk dat je danst vanuit je gevoel. Zonder gevoel is dansen niet meer dan een opeenvolging van bewegingen. Je zult moeten leren om alles van je af te zetten en alleen met dansen bezig te zijn. Wanneer er problemen zijn, moet je sterk genoeg zijn om een knop om te kunnen draaien en te genieten van het dansen. Wie dat kan, is professioneel.'

'Nog een lange weg te gaan,' zucht Stefan met gevoel voor dramatiek.

'Zijn er nog vragen?' Leine kijkt de kring rond. Niemand reageert. 'Dan gaan we aan het werk.'

Sara is blij dat ze eindelijk met de les beginnen. Ze voelde zich opgelaten, omdat ze zelf de aanleiding van het gesprek was. Daar heeft Chrissy voor gezorgd. Sara is er niet blij mee. De zoveelste die zich met haar bemoeit.

Ze ziet tegen vanavond op.

Zinloos gedoe; praten met Esther en Martin.

Ze moeten haar met rust laten, zodat ze zich op het dansen kan richten. Dat is belangrijk.

De ochtend vliegt voorbij.

Tegen de tijd dat de pauze begint merkt Chrissy dat Sara zich nog steeds afzondert. 'Wat ga je doen in de pauze?' vraagt ze.

'Boterhammen eten.'

'In de kantine?'

'Denk het wel. Hoezo?'

'Zullen we naar buiten gaan?'

'En Stefan dan?'

'We zijn geen klef stelletje,' giechelt ze.

'Als je even zonder hem kunt, wil ik wel naar buiten.'

'Doen we. Ik haal mijn brood op,' zegt Chrissy.

Voor het eerst die ochtend schiet Sara in de lach. 'Dat maak je mij niet wijs.'

'Oké,' geeft Chrissy eerlijk toe. 'Ik haal mijn brood en neem even afscheid van Stefan.'

'Met nadruk op 'even'! Twee zoenen. Meer niet.' Sara blijft op een afstand van het verliefde tweetal staan en slaat de handen voor haar ogen.

Wanneer de twee meisjes even later door de gang naar de

binnenplaats lopen, vertelt Sara wat ze die ochtend heeft meegemaakt.

'Wat een vreemd verhaal. Die gozer spoort niet,' concludeert Chrissy als ze alles gehoord heeft.

'Misschien dacht hij dat ik het niet zag.'

'Volgens mij wilde hij juist dat je het wel zag.'

'Zin om er naar toe te gaan?'

'Naar die plek?'

Sara knikt. 'Vanmiddag.'

'En dan?'

'Kijken of die envelop er nog ligt.'

6
Voor wie?!

'Hoe ver is het fietsen?' vraagt Chrissy.

'Drie kilometer. Tussen Roosburch en Hevelem in.' Sara merkt dat Chrissy twijfelt. 'Heb je een afspraak met Stefan?'

Chrissy schokschoudert.

'Dan moet je het niet doen,' zegt Sara snel. 'Vriendjes gaan altijd voor.'

Chrissy trekt een grimas. Mijn afspraak kan ik verschuiven. Ik zou met Stefan naar de BSO gaan. Daar werkt zijn moeder.'

Nog niet zo lang geleden hebben Stefan en Chrissy samen dansles aan de kinderen van de BSO gegeven. Dat was een groot succes.

'Weet je het al?'

'Ik ga met je mee.'

'Nieuwsgierigheid wint altijd,' grinnikt Sara tevreden.

In haar eentje durft Sara daar niet te kijken. Het lijkt onschuldig, maar die jongen voert vast iets in zijn schild.

Ze weet dat je tegenwoordig uit moet kijken. Niet alleen haar grootouders, ook Martin en Esther waarschuwen haar voortdurend. Als ze haar kwaad willen hebben, moeten ze dat vooral doen. Alsof ze in zeven sloten tegelijk loopt!

Sara is niet bang uitgevallen, maar wat ze vanmorgen zag heeft haar wel aan het denken gezet.

Zou de scooterjongen iets met drugshandel of zo te maken hebben?

Ze glimlacht om haar eigen gedachten.

Iemand die niet gezien wil worden, pakt het niet op

deze manier aan.

Na een paar saaie lessen heeft 1D vrij.

Het gebeurt regelmatig dat de hele groep na de laatste les naar de kantine gaat. Soms, als het lekker weer is, lopen ze naar de waterkant of een rondje door het park aan de achterzijde.

Doordat ze vaak met elkaar optrekken, wordt de groep steeds hechter.

Maar Sara is en blijft een buitenbeentje. Ze hoort bij de groep, dat zonder meer. Omdat ze soms onvoorspelbaar is in haar manier van reageren, weet niemand goed wat ze aan haar hebben.

Chrissy heeft het meeste contact met haar. Toch is het ook voor Chrissy elke keer afwachten hoe haar stemming is.

'Eerst een choc doen!' stelt Chrissy voor.

Sara wil graag naar die plek waar de jongen de envelop achterliet, maar met elkaar wat drinken is ook gezellig.

Hoe meer Sara aan die scooterjongen denkt, hoe mysterieuzer ze het vindt.

Waarom was hij daar zo vroeg?

Waar kwam hij precies vandaan?

Het heeft er alle schijn van dat hij haar stond op te wachten.

Tegelijk kan ze zich daar niets bij voorstellen.

Waarom zou hij dit voor haar doen?

Zou ze hem herkennen?

Chrissy betaalt de chocolademelk.

'Hoeft niet.' Sara wappert met een biljet van vijf euro door de lucht. 'Ik heb genoeg.'

'Dan trakteer jij morgen,' grijnst Chrissy.

Ze zitten met z'n dertienen rond twee grote tafels die tegen elkaar geschoven zijn en bespreken de schooldag. Als snel praten ze alleen nog maar over het evaluatiemoment.

'Niet over praten!' roept Quinty. 'Die tip hebben we vandaag gekregen!'

'Ze maken ons een beetje bang,' denkt Elmy. 'We zijn beginnelingen en worden niet na een paar weken al van school gestuurd. Daar geloof ik niets van.'

'Ik hoop dat je gelijk hebt,' mompelt Sara.

'Ik weet dat ze groep 1D eigenlijk een te grote groep vinden,' beweert Denise.

'We zijn allemaal goed!' brult Amarins. 'Niemand valt af.'

In een uitgelaten stemming verlaten ze een half uur later de academie.

Het afscheid van Stefan en Chrissy duurt slechts zeven seconden; twee zoenen en een 'tot straks op msn' is het enige.

'Ik had erger verwacht,' lacht Sara.

'We laten elkaar vrij,' zegt Chrissy met een verdraaid stemmetje.

Wanneer ze door Roosburch fietsen, worden ze ingehaald door een scooter.

'Is dat hem?' grinnikt Chrissy.

Sara staart de scooter peinzend na. 'Nee. Die jongen die ik zag, was groter en slungelig...'

Staand op de trappers proberen ze tegen de harde wind in te fietsen.

'Dat is het nadeel als je buitenaf woont,' hijgt Sara. 'Op het platteland is altijd wind. In de stad heb je daar geen last van. Als het aan mij ligt, verhuis ik vandaag nog.'

'Vind je het niet leuk om op een boerderij te wonen?'

'Het is een woonboerderij met wat schapen, koeien, pony's, een handjevol kippen en twee poezen. Verder is er niets te zien.'

'Best leuk, toch?'

'Mwah…'

'Je oom en tante…?'

'Zullen we het daar maar niet over hebben?' kapt Sara af.

'Ruzie?'

'Gezeik! Ik moet mij aan regels houden.'

'Dat moet iedereen.'

'Hún regels!' Sara zucht. 'Ik wil niet dat ze zich met me bemoeien.'

'Dat snap ik,' mompelt Chrissy.

Vanuit de verte wijst Sara de plek aan waar de jongen het bos in ging.

'Liet hij de scooter in de berm achter?'

'Ja.'

'Dan was het geen geheim. Iedereen kon hem zien. Ik snap er niks van. Het maakt me wel nieuwsgierig,' geeft Chrissy toe.

Wanneer ze buiten adem bij de plek aankomen, kijken ze eerst goed om zich heen of ze iets verdachts zien.

Ze leggen hun fiets in het gras en lopen aarzelend in de richting van de bomen.

'Misschien staat er verderop een huisje in het bos, dat vanaf de weg niet te zien is,' oppert Chrissy.

Sara weet bijna zeker dat daar geen huizen staan.

'Een weekendhuisje?'

'Nee, volgens mij ook niet. Maar we kunnen het checken.'

Sara loopt voorop.

Chrissy beweegt niet.

'Ga je niet mee?'

'Ik hoor iets.'

Sara luistert. 'Een scooter! Hij komt deze kant op.'

De meisjes kijken elkaar vragen aan.

'Zou het die jongen zijn?'

'Dat zou wel heel toevallig zijn,' fluistert Sara. 'We verstoppen ons.'

Ze brengen de fietsen naar een beschutte plek.

'Zou die envelop er nog liggen?' hijgt Chrissy.

'Kijken?'

'Hij kan elk moment komen.'

Sara rekt zich uit. 'Yes! De envelop ligt er nog. Zal ik...' Ze wacht Chrissy's reactie niet af en rent voorover gebogen achter de struiken langs naar de omgevallen boom.

De scooter is dichtbij.

Haastig grist ze de envelop onder de boom weg en laat zich languit naast Chrissy achter een struik vallen.

Chrissy schiet in de lach.

Sara ook.

Het is een vreemde situatie.

Wat is er nu eigenlijk aan de hand?

Voor wie verstoppen ze zich?

En waarom?

Sara propt de envelop in haar jaszak.

'Zit er iets in?'

'Een brief.'

'Kijk je niet?

'Even afwachten wat die scooterrijder doet.'

Een halve minuut later stopt de scooter.

Niet te geloven!

Met kloppend hart wachten ze af.

Sara ziet meteen aan zijn slungelige houding dat het dezelfde jongen van vanmorgen is en maakt Chrissy duidelijk dat ze hem herkent.

De jongen laat de motor draaien. Met zijn helm op zijn hoofd loopt hij rechtstreeks naar de omgevallen boom.

Zie je wel!
De jongen ontdekt dat de brief weg is.
Hij richt zich op en kijkt vluchtig om zich heen.
Hij bukt opnieuw en controleert alles grondig.
Als hij er zeker van is dat er geen envelop ligt, gaat hij terug naar de scooter.
'Snap jij het?' fluistert Chrissy.
De jongen verdwijnt met zijn scooter in de richting van Roosburch.
'Wat betekent dit?' vraagt Sara zich af. Ze heeft de envelop in haar handen.
'Maak open!'
'Als ik hem lospeuter, kan ik hem weer dichtlijmen.'
'Scheuren!'
Langzaam scheurt Sara de bovenkant van de envelop open.
'Schiet eens op,' fluistert Chrissy.
Sara haalt een dubbelgevouwen A4'tje tevoorschijn. Ze geeft de lege envelop aan Chrissy en vouwt de brief zenuwachtig open.
Chrissy leest over haar schouder mee.
'Waar gaat dit over?!' roept Sara verbaasd uit.

Nieuwsgierig?
Wil je me leren kennen?
Dan krijg je mijn e-mailadres.

'Voor wie is deze brief bedoeld?' vraagt Sara.
'Voor jou?'

7

Beloven

'Voor mij?!' giert Sara. 'Jij denkt dat hij dit briefje hier voor mij heeft neergelegd?!'
'De jongen wachtte tussen de struiken op jou, haalde je in en parkeerde zijn scooter een eindje verder in de berm. Hij wist dat jij hem zag toen hij die brief daar naar toe bracht.'
'Allemaal toeval,' mompelt Sara.
'Niks toeval. De kans is groot dat die jongen die brief daar voor jou heeft neergelegd.'
'Een onbekende jongen?'
'Wie zegt dat hij onbekend is?'
'Ik woon hier pas en ken niemand uit de buurt.'
'Hij heeft zijn oog op jou laten vallen,' grinnikt Chrissy. 'Saar, je hebt een stille aanbidder.'
Sara schiet opnieuw in de lach. 'Een rare manier om indruk te maken.'
Chrissy trekt haar gezicht in de plooi. 'We leven in een moderne tijd.'
'Wat maakt dat nou uit?'
'Vroeger werd er op een andere manier duidelijk gemaakt wanneer een heer een dame zag zitten. Men was hoffelijk, stuurde uitnodigingen of liet bloemen bezorgen.'
'Toch is dit vreemd.' Sara houdt de envelop omhoog.
'Maar origineel.'
'Hier zit iets anders achter.'
'Je hebt een stille aanbidder. Geloof mij nou maar,' giechelt Chrissy. Ze schudt haar lange blonde haar naar achteren.
'Hou op.'
'Criminelen verstoppen geen briefjes in het bos. Die heb-

ben computers en mobiele telefoons.'
'Whatever...,' zucht Sara. 'Wat zal ik met de brief doen?'
'Bewaren.'
Sara vouwt het papier dubbel en stopt het diep in haar jas-
zak.
'Niet blij?'
'Ik vind dit helemaal niet leuk.'
'Beetje griezelig,' geeft Chrissy toe.
'Als iemand in mij geïnteresseerd is, laat hij zijn gezicht
maar zien.'
'Hou alles maar goed in de gaten.'
Sara kijkt bezorgd opzij. 'Jij vertrouwt het ook niet?'
'Misschien is het een grap.'
'Misschien niet.'
Het tweetal besluit de fietsen achter de struiken weg te ha-
len.
Sara nodigt Chrissy uit om mee te gaan naar Hevelem.
Hoewel Chrissy andere plannen heeft gaat ze mee.
Sinds ze Sara op de academie heeft leren kennen, is ze nooit
bij haar thuis in Hevelem geweest.
Nog niet zo lang geleden heeft Sara verteld dat haar ouders
door een ongeluk om het leven zijn gekomen. Zo kwam ze
bij haar opa en oma terecht. Omdat ze op de dansacademie
in Roosburch werd toegelaten, was het logisch dat ze bij de
zus van haar moeder, Esther, zou gaan wonen. Die woont
zes kilometer bij Roosburch vandaan!
Dat het niet botert tussen Sara en haar oom en tante is wel
duidelijk.
Onderweg praten ze niet veel.
Stiekem hopen ze de scooterjongen nog te zullen zien.
Het blijft raadselachtig.
'Je gaat toch niet reageren?!' vraagt Chrissy opeens.

'Hoe zou ik dat moeten doen?'
'Ook een brief onder die boom leggen.'
'Ik niet!'
'Zeker weten?'
'Waar zie je me voor aan?'
Ze lachen hardop.
Een betonpad brengt hen bij de woonboerderij van Sara's oom en tante.
Chrissy is onder de indruk. Ze vindt het een geweldige plek met een weids uitzicht over de landerijen. Sara wil wel ruilen. 'Dan mag jij elke dag kippen voeren en kilometers door de regen en wind fietsen.'
'Je kunt heerlijk buiten in het gras dansen. Niemand die het ziet.'
'Dat is waar,' grinnikt Sara. 'Je hebt hier veel ruimte.'
'Als je slim bent, sla je een vriendje aan de haak met een eigen auto.'
'Ik denk niet dat ik slim ben.'
'Dat smoorverliefde vriendje zou je dan elke dag kunnen halen en brengen.'
'Ik zal er over nadenken.'
'Anders eentje met een scooter!' oppert Chrissy vrolijk.
'Om mee te beginnen.'
Esther staat het tweetal op te wachten. Ze is aangenaam verrast dat Sara eindelijk iemand meegenomen heeft. Esther heeft er vaak op aangedrongen. Sara hield tot nu toe de boot af. Het is moeilijk om contact met Sara te krijgen. Meestal is het zinloos om dieper door te vragen. Sara weigert gewoon om te antwoorden.
Het is vreselijk om je ouders op zo'n jonge leeftijd te moeten verliezen. Sara's chagrijnige gedrag zal alles te maken hebben met verdriet dat ze geen plek kan geven. Daarom

proberen Martin en zij het leven voor Sara zo aangenaam mogelijk te maken. Daar lijken ze niet echt in te slagen, omdat Sara bepaald niet het zonnetje in huis is. Martin en Esther doen hun uiterste best, maar voelen zich steeds wanhopiger worden.

Esther zet een emmer op de grond en loopt de meisjes tegemoet. Ze heeft Chrissy één keer eerder ontmoet en tijdens de dansvoorstelling van een paar weken geleden zien dansen.

'Hallo dames, zal ik thee zetten?'

'Doe ik wel,' mompelt Sara. 'Chrissy wil eerst de dieren zien.'

Chrissy is erg enthousiast.

Sara geeft toe dat je je heel vrij kunt voelen op het platteland. 'Maar 's avonds zit ik vaak voor het raam van mijn kamer naar de lichtjes van Roosburch te kijken. Dan denk ik, daar wil ik ook zijn. Daar gebeurt het allemaal!'

'Over een paar jaar kun je op kamers,' zegt Chrissy.

'Lijkt me heerlijk.'

Ze drinken thee in de keuken.

Esther zit bij hen aan tafel, tot ergernis van Sara.

Om half zes gaat Chrissy terug naar Roosburch.

Sara loopt een stukje mee over het betonpad naar de weg.

'Kunnen we hier een keer met onze klas kamperen in zo'n grote legertent? Dan organiseren we een dansweekend in Hevelem,' fantaseert Chrissy.

'Dan moeten we dat binnenkort doen,' glimlacht Sara. 'De nachten worden kouder.'

'Daar heb ik geen last van. Stefan mag bij mij in de slaapzak.'

'Dat is verboden.'

'Een dansweekend in de lente?'

Sara's gezicht betrekt. 'Ik hoop dat ik dan nog op de dans-academie zit.'

'No doubt about it!' Chrissy geeft haar een stomp tegen de bovenarm en spurt dan, staand op de pedalen weg. 'Droom maar lekker over scooterboy! Tot morgen!'

Als Sara terugloopt, voelt ze de spanning in haar lijf. Martin kan elk moment thuis komen. Voor het eten zullen ze wel met haar willen praten.

Ene oor in, andere oor uit.

Dan heeft ze dat ook weer gehad.

Het gaat precies zoals ze verwacht. Tien minuten na thuis-komst van Martin, roept hij haar.

'Kom je even bij ons in de kamer?'

'Omdat jullie zo aandringen,' probeert ze luchtig.

Ze laat zich op de tweezitter vallen en beseft hoeveel ze haar ouders mist!

Dat doet pijn.

Pap en mam steunden haar altijd.

Nu moet ze alles in haar eentje opknappen. Ze voelt zich eenzaam.

'We hebben het er al vaker over gehad,' begint Martin na-dat hij zijn keel geschraapt heeft. 'Het lijkt weinig effect te hebben.'

Sara kijkt hem al schouderophalend aan.

Ligt het allemaal aan haar?

'Wat doen we verkeerd?' vraagt Esther, die blijkbaar ge-dachten kan lezen.

'Jullie bemoeien je teveel met me.'

'Je bent dertien,' zegt Martin. 'Je bent nog niet volwassen en hebt begeleiding nodig.'

'Ik ben niet achterlijk.'

'Niemand beweert dat jij achterlijk bent. Wij hebben de

verantwoording voor je. Na alles wat jij meegemaakt hebt, willen we graag dat je goed in je vel komt te zitten. Dat zijn wij verplicht aan jouw ouders.'

'Jullie doen zo kinderachtig.'

'Dat betekent?'

'Dat ik zelf bepaal wat ik doe. Dat mogen andere kinderen van mijn leeftijd ook.'

Esther perst haar lippen op elkaar. 'Je bepaalt alles zelf. Oké, dat ik laatst niet wilde dat je die lange zwarte jas kocht, was omdat het geen praktische keuze was. Je hebt een warme jas voor de winter nodig. Als je in de stad zou wonen, kun je je zo'n modieuze jas veroorloven. Nu moet je elke dag door weer en wind aardig wat kilometers afleggen.'

'Niet praktisch?' roept Sara. 'Maar ik vond hem mooi!'

'Dames,' sust Martin. 'Laten we niet over kleding praten. Het gaat over de sfeer thuis. Bij het minste of geringste ben je boos. 's Avonds zien we je bijna nooit. Je zondert je af op je kamer en blijkbaar erger jij je aan ons.'

'Omdat jullie op mij letten.'

'Begrijp je het niet?' vraagt Esther zacht. 'Het is ook moeilijk voor ons. Wij willen alles voor je doen.'

Met moeite weet Sara haar tranen tegen te houden. 'Ik weet dat jullie een paar keer per week naar opa en oma bellen om te vertellen hoe het met me gaat. Alles draait om mij. Dat vind ik niet leuk.'

'Sara heeft ruimte nodig,' beseft Martin.

'Ruimte?' Esther kijkt hem fronsend aan.

'Om de dingen te doen, zoals ze dat zelf wil.'

'Dat is het!' knikt Sara dankbaar.

'Als je in Roosburch bent, hebben wij geen zicht op je. Ik ben bang dat je met verkeerde mensen omgaat die misschien wel drugs gebruiken...'

'Waar zie je me voor aan!' valt Sara boos uit. 'Ik wil alleen maar dansen. Dat is het belangrijkste.'
'We moeten haar vertrouwen,' zegt Martin.
Esther kijkt Sara onderzoekend aan. 'Beloof je dat je niet met verkeerde mensen om gaat?'
'Esther!' waarschuwt Martin.
'Sorry.'
'Ik beloof dat ik me niet met criminelen bemoei,' grapt Sara.
'Ik wil niet dat jou iets overkomt.'
'Is het goed dat ik naar mijn kamer ga?'
Esther staart haar perplex aan. 'We gaan zo eten.'
'Ik heb geen trek.'

8

Wie?

Beneden praten Esther en Martin zacht met elkaar.
Ze vinden het maar niks dat Sara zonder te eten naar haar
kamer ging.
Sara legt de getypte brief van de scooterjongen voor haar
op het bureau.

Nieuwsgierig?
Wil je me leren kennen?
Dan krijg je mijn e-mailadres.

Er glijdt een glimlach over Sara's gezicht. Stel dat Chrissy
gelijk heeft en die jongen heeft een oogje op haar, dan blijft
het een vreemd verhaal.
Het is niet logisch om op die manier op te willen vallen.
Hoewel?
Deze vreemde actie heeft indruk gemaakt. Ze denkt er vaak
aan.
In gedachten gaat Sara terug naar het moment dat ze richting school fietste en de scooter hoorde. Het geluid kwam
niet langzaam dichterbij, maar het was er opeens. Dat zou
kunnen betekenen dat hij de scooter startte toen zij nader-
de.
Sara herinnert zich dat hij uit het bos kwam en over een
smal pad naar de weg reed.
De gedachte dat hij op de uitkijk stond, vindt ze niet prettig.
Waarom doet hij dat dan?
Sara denkt na.

De scooterjongen kwam vanmiddag poolshoogte nemen en heeft gezien dat de brief weg was.

Zou hij ervan uitgaan dat zij, Sara Duinhoven, de brief meegenomen heeft?

Verwacht hij een reactie?

'Nieuwsgierig? Wil je mij leren kennen? Dan krijg je mijn e-mailadres,' leest ze hardop.

Er is één manier om de identiteit van de scooterjongen te achterhalen...

Sara scheurt een vel papier uit een groot notitieblok.

Tegelijkertijd begint het in haar buik onrustig te kriebelen.

Is het verstandig?

Wat haalt ze zich op haar hals? Ze heeft haar oom en tante net beloofd geen gekke dingen te doen.

Sara rolt haar bureaustoel naar achteren en loopt naar het raam.

Met een schok realiseert ze zich dat de jongen haar wél kent.

Haar nieuwsgierigheid wint het.

Sara gaat terug naar haar bureau en pakt een pen.

Weet jij wie ik ben?

9

Meer weten

Sara loopt door haar kamer en staart naar de zin op het papier.

Zal ze er nog iets bijschrijven?

'Weet je wie ik ben?' leest ze zachtjes.

Zou hij haar in de gaten houden?

Waarom heeft ze dat dan niet gemerkt?

In de overdekte fietsenstalling van de dansacademie heeft ze nooit een scooter gezien.

Sara besluit om de vraag uit te printen. Het zou zo maar kunnen dat de scooterjongen een ander op het oog heeft.

Hij zal dan willen weten wie zijn brief gelezen heeft. Haar handschrift kan haar dan niet verraden. Als de brief niet voor haar bestemd was, kan de jongen niet achterhalen wie gereageerd heeft.

Inwendig lacht ze om zichzelf. Wat een gedoe om een brief.

Als de scooterjongen de brief gewoon had gegeven of per post verstuurd had, was het dan anders geweest?

Sara denkt van wel.

Dat de brief op een speciale plek in het bos werd neergelegd, zet te denken.

Het maakt nieuwsgierig.

De geprinte brief schuift ze in een envelop.

Kleven er gevaren aan haar actie?

De jongen weet wie Sara is, maar zij weet niet wie hij is!

Wat is de reden dat hij contact met haar zoekt?

Sara gaat voor de spiegel staan, drukt de envelop tegen zich aan en trekt een grimas.

Door de ogen van een ander probeert ze naar zichzelf te kijken.
Tenger en gracieus, dat zei haar moeder vaak.
Sara is niet echt klein, maar wat haar lengte betreft, zit ze onder het gemiddelde.
In de spiegel inspecteert ze haar gezicht op puistjes. Opgelucht haalt ze adem. Nergens een oneffenheid te bespeuren.
Ze doet een stap naar achteren. Ondanks dat ze slank is, straalt ze iets stoers uit. Ze wil niet meisjesachtig zijn. Eigenlijk ziet ze eruit als een lieve ballerina met lang zwart haar en bruine ogen.
Sara draait een Pirouette. Haar lange haren zwieren vertraagd in haar draai mee.
Oké, toegeven! Ze is niet lelijk en jongens zien haar niet over het hoofd.
Is de scooterjongen wel of niet in haar geïnteresseerd?
Besluiteloos staat ze voor het raam.
Zal ze de brief gelijk wegbrengen? Morgen kan het ook.
Als Sara ziet dat er een nieuw emailbericht is binnengekomen, gaat ze achter de computer zitten.
Een mail van Chrissy.

Aan: Sara Duinhoven
Van: Chrissy van Dungen

Haai Saar!
Ik denk steeds aan de plek waar jij woont.
Vetgaaf! Je kunt doen wat je wilt. Niemand die het ziet.
En dan die dieren. Heel gezellig allemaal.
Mijn ouders willen graag buitenaf wonen, maar dat kan niet omdat mijn moeder haar psychologenpraktijk aan huis

heeft. Dan zou voor de cliënten niet handig zijn. Mijn vader werkt in het ziekenhuis. Hij moet toch al elke dag heen en weer reizen. Voor hem maakt het niet veel uit.
Ik vraag me wel af of ik het altijd zo leuk zou vinden. Ik denk het niet.
Ik zou de stad toch wel missen. De winkels, het zwembad, sporthal en bibliotheek.
Als ik de stad in ga, kom ik vaak vrienden tegen. Dat vind ik helemaal super.
Wat ik tegen je zei over het organiseren van een kampeerweekend met 1D op de boerderij lijkt me echt een goed plan.
Zouden jouw oom en tante het goed vinden?

Xxx Chris.

Aan: Chrissy van Dungen
Van: Sara Duinhoven

Heey!

Wrijf het er maar in.
Ik mis de stad. Hier loop je niet even naar een winkel of het zwembad.
Hier waait het altijd en als ik wil zwemmen, kan ik baantjes trekken in een sloot. ☺
Als ik mensen wil ontmoeten moet ik speciaal naar Roosburch fietsen en dan is het afwachten of ik iemand tegenkom die ik ken.
Laatst was ik 's nachts wakker en ben toen voor het raam gaan staan. Het is hier veel donkerder dan in de stad.
De lucht was onbewolkt en ik zag miljoenen sterren. Toen

dacht ik, dat zien ze in Roosburch niet.
Groeten vanuit de rimboe,
Sara.

PS 1. Als er een goed moment is, zal ik over dat kampeer-
plan beginnen. Nu nog niet.
PS 2. Denk je dat ik goed beoordeeld zal worden als we
dat evaluatiemoment hebben?

Aan: Sara Duinhoven
Van: Chrissy van Dungen.

Hallo Sara!

PS 2: Ja, je wordt goed beoordeeld. Techniek is wat je kunt
leren door veel training. Dat komt dus helemaal goed.
PS 1: Ik wacht af. Lijkt me heel leuk daar in de rimboe onder de sterren, tussen de wilde dieren.

Ik heb zin in dansen. Maar als ik denk aan dat belangrijke
evaluatiemoment, word ik zenuwachtig.
Hoe zou het met de scooterjongen zijn? Wie het ook is,
niet reageren!

Xxx Chris.

Sara staart naar de laatste zin. 'Wie het ook is, niet reageren!'
Wat kan er gebeuren?

Aan:　Chrissy van Dungen
Van:　Sara Duinhoven

Scooterjongen?
☺
Waarom niet reageren?

Aan:　Sara Duinhoven
Van:　Chrissy van Dungen

Je weet niet wat hij wil.
Dan moet je uitkijken.
Heb ik van papsie en mamsie geleerd!
Niet nieuwsgierig zijn, Saar.
Niet doen!

Boeiend!
Chrissy heeft makkelijk praten. Zij heeft een vriendje en woont gezellig in de stad.
Sara schakelt de computer uit.
Het maakt niet uit wat Chrissy vindt.
Zij wil meer weten over die scooterjongen.

10

Serieus

'Waar bleef je nou?! Ik sta al vijf minuten te wachten!' '
Sara is verrast als ze Chrissy op de stoep bij de verkeerslichten ziet staan. 'Had een seintje gegeven. Ga je oefenen?'
'Hoe raad je het?!'
Samen fietsen ze verder.
Het valt Chrissy op dat Sara weinig zegt. 'Is er iets?' vraagt ze. 'Je bent stil.'
'Jij zegt ook niet veel.'
Chrissy glimlacht. 'Dus er is iets. Gooi het van je af, maak je hoofd leeg. Anders lukt dansen niet goed.'
'Weet ik.'
'Die scooterjongen?'
'Daar lig ik niet wakker van,' antwoordt Sara.
'Thuis?'
'Mijn oom en tante maken zich zorgen. Meisjes van dertien zien de gevaren van de grote mensenwereld niet. Ze zijn naïef en te goed van vertrouwen.'
'Denken ze dat?'
'Ja.'
'Niet realistisch.'
'Ze hebben geen vertrouwen in me.'
'Ouders zijn altijd bang dat hun kind wat overkomt,' grinnikt Chrissy. 'Ooms en tantes ook. Ze zijn dubbel bezorgd omdat je bij hen woont. Zelf zijn ze ook jong geweest en denken dat jij dezelfde fouten maakt als zij.'
'Alles draait om mij. Ze letten op me, willen alles weten.

Hoe is het gegaan? Wat doe je? Waar ga je naar toe?'
'Geen ramp, toch?'
'Ik wil het niet. Ze moeten zich niet zoveel met me bemoeien. Dat probeer ik steeds duidelijk te maken.'
'Dus denken ze dat je met dingen bezig bent, die het daglicht niet kunnen verdragen.'
'En worden ze nog ongeruster.' Sara zucht. 'Als ik van de dansacademie af moet, blijf ik hier geen seconde langer wonen. Dan ga ik terug naar mijn opa en oma.'
Chrissy opent haar mond om iets te zeggen, maar bedenkt zich.
'Gisteravond ging ik naar buiten. Dat doe ik wel eens vaker. Dan loop ik naar de schapen of kijk bij de pony's. Mijn fiets stond nog buiten. Het waaide niet zo hard meer, dus reed ik naar de weg en heb een kwartiertje gefietst.'
'Zomaar?'
'Over de landweg. Heen en weer. Even uitwaaien. Toen ik terugkwam, waren ze boos. Ik had niets gezegd, dus was ik volgens hen stiekem weggegaan. En als je iets stiekem doet, dan klopt het niet. Ik moest vertellen wat ik uitspookte. Niets dus!'
'Diagnose: overbezorgd. Behandeling: therapie.'
Sara lacht vluchtig. 'Leuk is het niet.'
'Het probleem is dat ze je als een klein kind behandelen en geen vertrouwen in je hebben.'
'Alsof ik geen verstand heb. Stelletje zeikerds,' voegt Sara er oneerbiedig aan toe.
'De wereld zit vol gevaren,' zegt Chrissy luchtig.
'Ik zoek ze niet op.'
'Nou-hou... Je bent wel nieuwsgierig naar de scooterjongen. Dat heb ik gemerkt.'
'Jij ook.'

Chrissy draait haar hoofd met een ruk opzij. 'Ben je gister-avond naar die plek gefietst waar de envelop lag?'
'Waar zie je mij voor aan?' Sara voelt zich een beetje onge-makkelijk, omdat ze niet eerlijk is. Ze is gisteren wel naar het bos gefietst om de brief voor de scooterjongen neer te leggen.
'Had gekund.'
Ze slaan rechtsaf en naderen de oude Kasteellaan die naar de academie leidt.
'Niet doen, hoor.'
'Ik kijk wel uit,' liegt Sara.
Wat kan er gebeuren, vraagt ze zich voor de zoveelste keer in stilte af.
Weinig of niets!
Als de scooterjongen vandaag de envelop vindt, is het de vraag of hij reageert.
Dat Chrissy haar waarschuwt, zit haar niet lekker.
Vermoedt ze iets?
Chrissy hoeft in ieder geval niet te weten wat ze gedaan heeft.
Denkt iedereen dat ze naïef is?
Ze loopt niet in zeven sloten tegelijk!
Het enige waar ze nu om moet denken, is dat ze het onder-werp 'scooterjongen' mijdt.
Wanneer ze door de rustige gangen van de academie lopen, praten ze over het evaluatiemoment. Chrissy's moeder heeft gezegd dat ze er op een verkeerde manier mee bezig zijn. Ze maken er een drama van. De docenten zijn volgens haar realistische mensen, met een goede kijk op elke leer-ling. Waarom zouden ze zich zoveel zorgen maken?
'Zij hoeft niet te dansen.'
'Dat zei ik ook,' knikt Chrissy.

'Ik hoop dat ze gelijk heeft.'

'Soms denk ik dat ze ons met opzet bang maken. Ze willen dat we goed blijven oefenen.'

'Niet nodig. We zijn allemaal serieus met dansen bezig.'

Er is niemand in de oefenzaal.

Chrissy heeft muziek gedownload en op een cd gebrand. Ze vraagt of ze die mag draaien.

Sara knikt. 'Hiphop?'

'Van alles wat.'

Ze kleden zich snel om en beginnen met rondjes door de zaal te lopen. Daarna doen ze rek-, strek- en krachtoefeningen.

De laatste lessen heeft Lars, hun docent moderne dans, benadrukt dat ze veel meer krachtoefeningen moeten doen. Er moet voldoende kracht zijn om een ander bijvoorbeeld op te kunnen tillen. En als dat vijf keer moet, dan moet je dat de vijfde keer net zo goed doen als de eerste keer. De dans moet er vanaf de eerste tot de laatste stap strak uit blijven zien.

'Lukt de spagaat al?' wil Sara weten.

'Nog een paar centimeter,' antwoordt Chrissy en rolt wanhopig met haar ogen.

'Wat vind je van mijn spierballen?' Sara neemt een bodybuilders pose aan om haar armspieren te laten zien.

Chrissy schudt afkeurend het hoofd. 'Stelt niks voor. Daarmee krijg jij mij niet van de grond.'

Lars heeft een dans gemaakt waar iedereen tijdens het evaluatiemoment aan mee moet doen.

Daarin zijn zeer gevarieerde bewegingen verwerkt.

Na een kwartier druppelen de andere klasgenoten binnen.

'Uitslovers!' scheldt Coen als hij ziet dat Sara en Chrissy al druk bezig zijn.

'Daar krijg je spijt van,' dreigt Sara. 'Als je straks van de academie wordt gestuurd...'

'Als er eentje van de academie wordt gestuurd, gaan we allemaal!' beweert hij vol passie en zwaait met een gebalde vuist door de lucht. 'Groep 1D moet bij elkaar blijven!'

'For ever dance!' brult Nynke.

'Yeaah!' juichen Quinty en Denise.

Lars loopt achter hen langs. 'Omkleden! Dan kunnen we beginnen.'

'We moeten oppassen,' fluistert Vera.

Chrissy en Sara kijken haar fronsend aan.

'Ze zeggen dat de docenten onze groep te groot vinden. Als iemand niet goed presteert, dan kan hij de dansacademie op zijn buik schrijven.'

'Niet aan denken,' onderbreekt Chrissy. 'Ik hou niet van doemscenario's.'

Sara en Chrissy doen met de warming-up mee, al is dat niet echt nodig.

Daarna mogen ze op de bank zitten om naar Lars te kijken, die een aantal sprongen voor zal doen.

Iedereen let goed op, omdat het verplichte sprongen zijn voor het evaluatiemoment.

'Waarom zo moeilijk?' moppert Elmy.

'De helft kan dit niet,' zucht Anne.

'We leggen de lat hoog,' benadrukt Lars. 'Dat weten jullie. Er moet keihard gewerkt worden om te bewijzen dat jullie hier op de dansacademie thuishoren. Jullie krijgen van de beste dansdocenten les!' Hij klopt lachend op zijn borst. 'Waar het om gaat tijdens dat evaluatiemoment is dat je laat zien dat je het in je hebt om professional te worden. Je bent het nog niet, dat weet iedereen. Maar laat zien wat je kunt.'

De muziek wordt gestart. Klas 1D gaat aan de slag. Lars laat hen regelmatig stoppen en wijst op details, want die zijn belangrijk.

'Dames en heren! Ik zie dat de dubbele Pirouette bij de meeste van jullie niet goed gaat. Leine en ik hebben duidelijk aangegeven dat wij die tijdens het evaluatiemoment zullen beoordelen. Wij vinden dat iedereen de dubbele Pirouette moet beheersen. Dat is nu niet het geval. Jullie moeten goed spotten en op de preparatie letten. De aanzet van de draai moet vanuit een goede houding beginnen. Vergeten?' Lars kijkt vragen om zich heen en wijst een paar mensen aan. 'Een aantal van jullie begint te snel met de draai en gaan dan wankelen, omdat het gewicht niet goed over beide benen verdeeld is. Wanneer je een been weghaalt, zou je om moeten vallen. Want als je op het ander been blijft staan, heb je het gewicht niet goed in het midden gehad. Ja, dan kun je op één been blijven steunen. Dat is dus niet goed.' Lars gaat voor de groep staan. 'Mijn armen zijn in een negentig graden hoek. Als ik mijn rechterbeen naar voren heb, steek ik tegelijk mijn linkerarm vooruit en de rechter naar rechts. Vanuit dat punt, zet je de anderhalve draai in.'

Lars probeert duidelijk te maken wanneer het gewicht wel en niet goed verdeeld is. Daarna wordt er weer verder geoefend totdat Lars voorstelt om de dans met elkaar als geheel uit te voeren.

Ze krijgen een korte pauze van tien minuten. Dan zoekt iedereen zijn of haar positie op.

'Ik loop door de zaal en geef persoonlijke aanwijzingen!'

Eerst blijft hij op een afstand staan kijken, dan loopt hij tussen de dansers door om aan te geven waar ze op moeten letten.

'Maak je rug recht!'

'Borst vooruit!'

'Bilspieren aanspannen!'

'Die spagaat kan beter. Meer oefenen!'

'Het afzetten bij het bruggetje moet veel sneller!'

'Schouders naar achteren!'

'Let op de plaatsingen van de armen!'

'Kin omhoog!'

'Strek dat been naar voren!'

'De acrobatiek moet beter!'

'Hoe vaak moet ik nog zeggen dat de meeste bewegingen niet goed afgewerkt worden. Het gaat te snel. Het resultaat is slordig. Daar moet de komende tijd veel aandacht aan besteed worden.'

Lars is niet ontevreden, maar er zijn erg veel punten waar nog aan gewerkt moet worden. Dat verschilt per danser. Hij adviseert om samen met een danspartner te oefenen. 'Doe dan vooral die acrobatische oefeningen. De uitvoering laat bij iedereen te wensen over.'

Stefan loopt naar Chrissy. 'We zullen serieus aan de slag moeten.'

Sara, die een meter verder staat, schiet in de lach. 'Ja, maar dan alleen met acrobatiek!' giert ze.

'Dat bedoel ik ook,' antwoordt Stefan met een uitgestreken gezicht. Plotseling tilt hij Chrissy van de vloer en maakt een Pirouette.

'Niet doen,' gilt Chrissy geschrokken.

'Dit is nog maar het begin!' kondigt Stefan aan. 'Van een heleboel acrobatische oefeningen.'

'Als het daar maar bij blijft,' hoopt Sara.

'Natuurlijk blijft het daarbij,' verzekert Stefan haar met gespeelde verontwaardiging. 'Wij zijn serieuze dansers.'

11

Wat nu?

Aan het eind van de schooldag maken de leerlingen van klas 1D in de kantine de afspraak om elk uur dat ze vrij hebben in de oefenzaal door te brengen. Een groot deel van de groep moet het acrobatische aspect van dansen beter onder de knie krijgen. Niet iedereen beheerst de salto of flikflak. Gelukkig hoeven de meeste van jullie dat niet in de dans voor de evaluatie te doen.

'Ik denk dat ik meer een balletdanseres ben,' zegt Quinty peinzend. 'Hiphop, breakdance en moderne dans vind ik heel gaaf. Maar die sprongen, dat is niet mijn ding...'

'Dat vind ik juist gaaf,' vertelt Stefan. 'Een explosie van danskracht. Zweven boven de dansvloer.'

'Volgens Lars mis ik sprongkracht,' legt Quinty uit. 'Als ik een salto maak, zit ik te laag bij de grond met mijn hoofd.'

'Beenspieren trainen,' adviseert Coen.

'Hoe?'

'We hebben hier oefeningen geleerd. Je kunt ook naar de sportschool.'

'Ga roeien!' oppert Sara. 'Daar krijg je sterke been- en armspieren van.'

'Bij jullie in de sloot?' grinnikt Chrissy.

'Of achter de academie.'

'Ik ben niet lenig genoeg,' zucht Linde.

Chrissy trekt haar wenkbrauwen verbaasd omhoog. 'Wie beweert dat?'

'Ik.'

'Volgens mij ben je dat wel.'

Linde beweegt haar hoofd heen en weer. 'Je kunt zien wie

van onze groep vroeger geturnd heeft. Ik niet.'
'Je hoeft niet alles goed te kunnen,' vindt Chrissy.
'Ik zou het wel willen.'
'Oefenen,' grijnst Rachid.
'Of stage lopen bij een circus,' grijnst Linde.
'Dat lijkt me leuk.'
'Als je na de evaluatie van de academie wordt gestuurd, kun je altijd nog auditie doen bij de circusschool.'
Wanneer iedereen naar huis gaat, vraagt Sara aan Chrissy wat ze gaat doen.
'Domme vraag.' Chrissy werpt een kushandje in de richting van Stefan. 'Ik ga met mijn lief mee.'
'Had ik kunnen weten.' Sara probeert haar teleurstelling te verbergen. Ze heeft geen zin om naar huis terug te gaan.
'We gaan naar de buitenschoolse opvang,' vertelt Chrissy. 'De kinderen hadden naar ons gevraagd. Ze wilden graag dansles. We zouden er gisteren al naar toe gaan.'
Natuurlijk! Verliefde stelletjes zijn voor altijd samen. Ze voelen zich op een onweerstaanbare manier tot elkaar aangetrokken. Als draait om de liefde. De rest van wereld bestaat niet meer.
Bah!
Ze had gehoopt dat Chrissy mee naar Hevelem zou willen, om salto's, losse radslagen en de flikflak in de tuin te oefenen. Het is droog, niet koud en er is nauwelijks wind. Ideaal om even iets anders dan dansen te doen.
Zo zal het altijd gaan. Chrissy brengt haar tijd met Stefan door. Hij is de belangrijkste persoon in haar leven geworden.
Sara neemt zich voor om later niet zo klef met haar vriend om te gaan. Ze wil haar eigen dingen blijven doen.
'Ik ga gezellig naar huis.' Sara trekt een lang gezicht.

'Je moet het je niet teveel aantrekken.'
'Kon ik dat maar. De hele familie bemoeit zich met me.'
'Ze doen hun best, moet je maar denken.'
Sara perst haar lippen spottend op elkaar. Chrissy begrijpt niets van de situatie. Zij is niet afhankelijk van een oom en tante. Het is wel familie, maar niet hetzelfde als je eigen vader en moeder.
Voorheen kon ze haar hart bij haar ouders luchten. Ze kan zich niet terugtrekken op haar eigen kamer in haar ouderlijk huis. Er is haar voor altijd iets afgenomen.
Al doet de hele wereld haar best, die veilige plek bij haar ouders zal er nooit meer zijn.
Hoe dat voelt, kan ze niemand uitleggen.
'Ik ga in de tuin oefenen. De salto en losse radslag.'
'Breek je benen niet,' waarschuwt Stefan.
Sara steekt haar hand op en loopt naar de fietsenstalling.
'Ik vind het rot voor haar...'
Sara's nekharen gaan overeind staan als ze hoort wat Chrissy zegt. Ze draait zich om en loopt met nijdige stappen terug. 'Dat slaat nergens op!'
Chrissy is zich van geen kwaad bewust en kijkt haar met vragende ogen aan.
'Ik ben niet zielig!'
'Het is een rottige situatie voor je.'
'Maar ik ben niet zielig.'
'Sorry.' Chrissy wisselt een snelle blik met Stefan. Deze felle reactie van Sara had ze niet verwacht.
'Tot morgen,' groet Sara binnensmonds en haast zich naar de fietsenstalling.
'Sterkte!' roept Chrissy haar na.
Stefan vraagt wat er aan de hand is.
'Ze heeft steeds ruzie met haar oom en tante die zich

veel zorgen om haar maken.'
'Dat is goedbedoeld. Ze geven om haar.'
'Het is lastig als ze je in de gaten houden en precies willen weten wat je elk moment van de dag doet. Als ik haar was, zou ik er niet zo'n punt van maken en gewoon mijn eigen gangetje gaan.'
'Allemaal stress,' denkt Stefan.
'Voor het evaluatiemoment?'
Stefan knikt.
Sara voelt zich met de minuut chagrijniger worden.
Wanneer ze Roosburch achter zich laat, klinkt het geluid van een scooter. Ze fietst langzamer en kijkt speurend in het rond.
Niets te zien.
Het geluid sterft weg.
Zou dat dé scooterjongen zijn geweest?
Ze is in de buurt van de plaats waar ze de envelop neer heeft gelegd.
Sara verwacht niets, maar hoopt stiekem dat hij de envelop meegenomen heeft.
Ze legt haar fiets in de berm en loopt zenuwachtig door het lange gras naar het bos.
Zou haar envelop weggehaald zijn?
Ze loopt sneller.
Wanneer ze onder de laaghangende takken van de bomen loopt, bekruipt haar ineens een beklemmend gevoel.
Stel dat er iemand achter de struiken verstopt zit.
Nee, die kans is klein. Niemand kan weten hoe laat zij hier langs zou fietsen.
Shit!
De envelop ligt er nog.
Besluiteloos blijft ze staan.

Waar is ze mee bezig?
Op het moment dat ze om wil draaien, herinnert ze zich dat zij de envelop op een andere plek had gelegd.
Hij is wel geweest!
Sara pakt de envelop van de grond.
Aan de onderkant zit modder. De envelop is niet dichtgeplakt.
Sara kijkt om zich heen, terwijl ze de brief uit de envelop haalt.
De brief is uitgeprint, net als de vorige keer.

Ja.
Ik ken jou.
Als je mijn e-mailadres wilt,
neem dan deze envelop mee.
Dan weet ik wat ik moet doen.

Jemig!
Sara's hart klopt in haar keel.
Het gaat wél om haar.
Waarom maakt hij zich niet bekend?
'Uitkijken,' waarschuwt een stemmetje in haar hoofd.
Hallo! Ze is niet op haar achterhoofd gevallen.
Wat nu?
Ze gaat op een omgevallen boomstam zitten en zoekt naar sporen op de grond. Er liggen teveel bladeren, waardoor er niets bijzonders te zien is.
Wordt ze in de maling genomen?
Sara slaakt een zucht en legt de envelop terug onder de boom.
Als ze bij haar fiets is, twijfelt ze.
Het heeft iets spannends; iemand die in haar geïnteresseerd is.

'Wat kan mij het schelen...' Ze gaat terug om de brief te halen.

Er wordt getoeterd.

Sara schrikt en propt de envelop haastig in de binnenzak van haar jas.

Het is Esther.

Ze draait het raampje van de auto open en groet Sara.

'Lekke band?' vraagt Esther terwijl ze langs Sara naar de bosrand tuurt.

'Nee hoor.' Sara zet haar fiets rechtop.

'Zag je iets?'

'Een vos,' liegt ze. 'Tenminste ik dacht dat het een vos was.'

'Hier zitten geen vossen.'

'Daarom.'

Esther is op haar hoede.

'Het was een haas,' voegt Sara er grinnikend aan toe en stapt op haar fiets. 'Doen wie het eerste thuis is?!'

Zonder het antwoord af te wachten fietst Sara zo hard ze kan richting Hevelem.

Esther blijft achter haar rijden met een glimlach om haar mond. Blij, omdat Sara goed gehumeurd is.

12

Maakt niet uit

'En?' Esther kijkt Sara verwachtingsvol aan.

'Wat, en?' Sara heeft geen idee wat Esther, die tegenover haar aan de eettafel zit, bedoelt.

'Vond je het eten lekker?'

'Ja!' antwoordt ze lachend.

Martin werpt een verbaasde blik in haar richting. Sara's vrolijkheid valt op. Van een nors meisje, lijkt ze opeens te zijn veranderd. Daar moet een reden voor zijn.

'Zelf bedacht?' vraagt Sara in een poging om geïnteresseerd over te komen.

'Dat recept vond ik in een kookboek.'

'Mag je van mij vaker doen.'

'Afgesproken.'

Sara staat op. 'Zal ik afruimen?'

Esther en Martin wisselen een blik met elkaar.

Dit klopt niet.

'Ik heb met iemand van de academie gebeld,' zegt Esther plompverloren.

Langzaam draait Sara haar hoofd opzij en kijkt Esther strak aan. 'Waarom?'

'Om te informeren hoe het gaat.'

Sara staart haar enkele seconden verbijsterd aan. 'Dat had je mij ook kunnen vragen.'

'Je vertelt ons niet veel.'

'Belachelijk,' valt Sara uit. 'Wie heb je gesproken?'

'Edith, jullie klassenlerares.'

Het kost Sara moeite om zich te beheersen. 'Waarom bel je

achter mijn rug om?'
'Als ik je verteld had dat ik zou bellen, was je het er toch niet mee eens geweest. Je weet dat we moeite hebben met die onverschillige houding van je. We dachten dat het eventueel te maken kon hebben met slechte resultaten op de academie.'
'Wat zei Edith?'
'Dat er geen problemen waren,' antwoordt Esther glimlachend.
'Je doet het goed. In alle opzichten,' voegt Martin er aan toe.
Sara vertrekt geen spier, maar inwendig kookt ze.
'De problemen zijn dus alleen hier, bij ons thuis,' zegt Esther verdrietig.
'Dit is mijn thuis niet.'
Die woorden komen hard aan.
Esther en Martin wenden beiden hun hoofd af.
'We proberen een thuis voor je te maken,' zegt Martin.
'Niet op deze manier.'
'Hoe moet het dan?'
Sara staart wanhopig naar het plafond. 'Dat heb ik al zo vaak gezegd. Bemoei je niet met mijn leven.'
'We wonen hier met elkaar in één huis.'
'Dan kan ik toch evengoed mijn gang gaan. Wie heeft er last van mij?'
'We willen je helpen.'
'Ik moet doen wat jullie willen.'
'Dat is niet waar en dat weet jij ook.' Martin schudt afkeurend zijn hoofd. Als Esther haar mond opent om iets te zeggen, gebaart hij haar dat ze moet zwijgen.
Er valt een gespannen stilte.
'Sorry,' mompelt Sara opeens. 'Ik weet dat jullie je best

doen, maar ik kan er niet tegen.'

'Je mist je ouders.' Esthers stem klinkt schor.

Martin loopt achter Sara langs en legt even zijn hand op haar schouder. 'We komen er wel.'

Sara kan niet tegen die beladen momenten. 'Wat heeft Edith nog meer gezegd?'

'Dat je serieus bezig bent,' antwoordt Esther.

'En dat alle docenten tevreden over je zijn,' voegt Martin er met opgestoken duim aan toe.

'Ik hoorde dat jullie binnenkort een evaluatiemoment hebben,' begint Esther. 'Zit je daarover in?'

'Natuurlijk.'

'Hoeft niet.'

'Heeft Edith dat gezegd?'

'Er worden hoge eisen gesteld, zei ze. Maar iemand die een fout maakt, een bepaalde stijl of onderdeel van een dans nog niet goed beheerst, wordt echt niet van de academie gestuurd. Er zal een aantekening komen, maar dat is het dan.'

'Het kan verkeerd gaan,' mompelt Sara.

'Niemand heeft zekerheid. Je doet je best.'

'Ik ben niet zo goed als iedereen denkt.'

'Iedereen is onder de indruk van jouw talent,' lacht Esther.

'Ik ben niet op alle onderdelen goed.'

'Niemand is perfect.'

Martin maakt een geruststellend gebaar. 'Het komt wel goed.'

'Het is jammer dat ik vroeger geen balletles heb gehad. Dat was beter geweest voor mijn danstechniek.'

'Je bent nog erg jong. Dat kun je toch nog leren?!'

'Alles kan,' zucht Sara.

'Kon je twee jaar geleden een salto maken?'

Sara schudt haar hoofd.

'Dat heb je ook geleerd.'

Er wordt te makkelijk over het dansen gedacht, denkt Sara. Mensen die niet dansen, snappen niet dat het een ingewikkeld geheel is van veel dingen die tegelijk gedaan moeten worden. Pas als je alle onderdelen beheerst, kun je dansen uit je gevoel. Dan hoef je niet meer na te denken. Maar voordat het zover is...

'Je moet leren te relativeren,' beweert Martin.

Sara haalt haar schouders op.

'Jouw leven mag niet alleen van het dansen afhangen. Als blijkt dat je toch moeite hebt om aan de eisen te voldoen, dan is dat zo. Dan ben je blijkbaar niet geschikt voor de dansacademie en zul je wat anders moeten doen. Het leven houdt echt niet op.'

Sara's maag krimpt ineen. De gedachte dat ze niet met dansen verder kan gaan, doet pijn.

'Ik wil niets anders.'

'Weet je, je doet je best, meer kun je niet doen. Het gaat je vast lukken en zo niet, dan kun je altijd nog wat anders gaan doen.'

'Ik niet.' Na het uitspreken van die woorden loopt Sara de keuken uit. Dat ze de tafel had willen afruimen, is ze vergeten.

'Probeer je niet teveel zorgen te maken!' hoort ze Esther nog zeggen.

Als ze boven op haar kamer is, gaat ze voor de spiegel staan.

Zal ze haar pony lang laten groeien zodat het net over haar ogen hangt? Dat staat mysterieuzer.

Zouden jongens dat mooi vinden?

Sara heeft altijd beweerd dat ze met niemand rekening wil houden en zelf bepaalt hoe ze haar haren knipt en welke kleding ze draagt. Ze vond het belachelijk om je af te vragen of jongens het leuk zouden vinden.

Ze grinnikt.

Ze is geen haar beter dan al die andere meisjes.

Het draait altijd om de jongens.

Hoewel? Dansen blijft bij haar op de eerste plaats staan.

'For ever dance,' fluistert ze tegen haar spiegelbeeld.

Zal ze weggaan?

Ze loopt zacht de trap af en pakt haar jas.

Esther en Martin zitten in de kamer televisie te kijken.

'Ik ga naar buiten!' roept ze en trekt de buitendeur in het slot.

Ze heeft in ieder geval niet gelogen.

Sara loopt in de schemering naar de schapen en wacht een paar minuten. Er komt niemand.

Martin verschuift het gordijn een klein beetje en gluurt door een spleet naar buiten.

Sara zorgt dat ze gezien wordt bij het hek van de schapen.

Vertrouwen ze het niet?

Binnen een kwartier kan ze terug zijn, met of zonder envelop.

Gokken?

Als ze zien dat ze wegfietst, heb je de poppen aan het dansen.

Het zou verstandig zijn om tot morgenochtend te wachten als ze naar de dansacademie fietst. Dan komt ze er langs.

Maar ze wil nu weten wat de scooterjongen gedaan heeft.

Dus...

Martin schuift het gordijn weer dicht.

De kust is veilig.

Met een beetje geluk kan ze ongezien over het betonpad naar de weg fietsen.

Na een vluchtige blik langs alle ramen van de boerderij, stapt ze vastberaden op de fiets.

Wat kan haar het schelen.

Ze wil het weten.

Buiten adem komt ze bij de plek. Haar fiets legt ze verderop achter een struik, zodat een nieuwsgierige automobilist niet stopt vanwege een fiets die langs de kant van de weg ligt.

Voordat ze doorloopt kijkt ze goed om zich heen.

Alles is rustig.

Yes! Onder de boom ligt een rode envelop.

Haar hart slaat een slag over.

Hij is er geweest!

Ze pakt de envelop en haalt de brief eruit. Hoewel ze het niet goed kan lezen, ziet ze dat er midden op het witte papier een e-mailadres is getypt.

Opgewonden loopt ze in de richting van haar fiets.

Halverwege wordt ze opgeschrikt door een geluid. Met ingehouden adem blijft ze staan.

De brief laat ze in haar zak glijden.

Er glijdt een rilling over Sara's rug als ze in de berm een donkere gedaante ziet.

Wat nu?

Is ze in een val gelopen?

De gedaante komt aarzelend dichterbij.

Ze hoort het geluid van schuifelende voeten door dorre bladeren.

Sara zakt door haar knieën en maakt zich zo klein mogelijk.

'Sara?' fluistert een stem.

Ze wil schreeuwen, maar voelt hoe angst langzaam haar keel dichtknijpt.

'Sara, ik weet dat je hier bent.'

13

Contact!

Martin is haar achterna gegaan.

De l*l!

'Waarom verstop je je hier?!' Martin verheft zijn stem.
Sara is niet van plan haar schuilplaats te verraden en blijft ineengedoken achter de struik zitten.

Ze hoopt dat hij vanzelf weggaat. Martin loopt voorzichtig verder. Hij kan nauwelijks een hand voor ogen zien omdat het donker is onder de laaghangende takken van de bomen.

Sara geeft geen kik.

'Sara?'

Ze hoort de aarzeling in zijn stem. Zie je wel, hij weet niet zeker of ze daar is.

Doodstil zit ze op haar hurken.

Martin besluit na een paar minuten weg te gaan. Hij heeft geen enkele aanwijzing gevonden die er op wijst dat Sara zich daar schuilhoudt.

Ze hoort takjes onder zijn schoenen breken en dan, na een korte stilte, fietst hij terug. Nou ja, hij doet alsof. Want twintig meter verder verstopt hij zich aan de andere kant van de weg.

Sara loopt met haar fiets aan de hand verder het bos in. Er is daar een pad, waarlangs ze via een omweg misschien thuis kan komen.

Als de kust veilig is, doet ze het licht van haar fiets aan en tuurt naar de bandensporen op het pad. Ze ziet dat die van een scooter of brommer afkomstig zijn.

De scooterjongen rijdt hier langs!

Waar zou het pad uitkomen?

Sinds ze in Hevelem woont, heeft ze de omgeving nog niet verkend. Ze kent alleen de weg naar Roosburch. Tot haar verbazing leidt het pad naar een verharde B-weg. In de verte ziet ze de lichten van een boerderij branden. Tijd om na te denken heeft ze niet. Als haar plan slaagt, is ze misschien eerder thuis dan Martin. Hij hoopt nog steeds dat ze uit de struiken tevoorschijn komt en staat geduldig op haar te wachten.

Sara fietst snel.

De B-weg maakt een flauwe bocht naar rechts en gaat tussen weilanden door.

Het ziet er naar uit dat ze tweehonderd meter aan de andere kant van de woonboerderij uitkomt.

Te gek!

Als het lukt, is ze Martin te slim af.

Het licht van haar fiets heeft ze uitgedaan, zodat niemand haar ziet.

Precies een halve minuut nadat ze haar fiets in de schuur heeft gezet, komt Martin het betonpad op rijden.

De zwakke lichtbundel van de koplamp schijnt over de oprit.

Grinnikend rent ze op haar tenen naar de twee pony's en probeert op adem te komen.

Wanneer ze de schuurdeur dicht hoort gaan, roept ze haar oom.

'Ben je weggeweest?'

Martin is stomverbaasd als hij haar bij de pony's aantreft.

'Waar was jij?'

Ze maakt een niet-begrijpend gebaar.

'Ik zag je richting Roosburch fietsen.'

'Ik?' lacht ze verwonderd.

'Je hebt gefietst.'

'Klopt. Even mijn beenspieren trainen. Doe ik laatste tijd wel vaker.'

Het licht van de buitenlamp werpt een schaduw over Martins gezicht, waardoor ze zijn gezichtsuitdrukking niet goed kan zien.

'Je ging richting Roosburch.'

'Nee. Ik ben die kant op gegaan.' Ze wijst in tegenovergestelde richting en begint zachtjes te lachen. 'Ben je de verkeerde achterna gefietst?'

'Sara!' zegt hij nadrukkelijk. 'Wij willen open en eerlijk met elkaar omgaan. Ik wil weten wat je gedaan hebt.'

'Een stukje heen en weer gefietst om mijn beenspieren te trainen. Mijn sprongkracht moet beter worden. Voor de flikflak en de salto.'

Hij gelooft haar niet.

Zwijgend lopen ze naar binnen.

Esther komt naar de hal en kijkt hen beurtelings aan. 'En?'

Martin haalt zijn schouders op. 'Het was Sara niet,' deelt hij mee en loopt handenwrijvend de kamer in.

'Niet?' Esther fronst haar voorhoofd.

'Hij achtervolgt vreemde vrouwen,' giechelt Sara. 'Als ik jullie was, zou ik een privé detective voor me inhuren. Zal ik voortaan vertellen wanneer ik naar de wc ga?'

'We dachten echt dat je die kant op fietste,' geeft Esther toe.

'Al zou ik dat doen, wat dan nog?!'

'We willen weten waar je bent en wat je doet.'

'Even fietsen!'

'In het donker!'

'Toen ik wegging was het schemerig.'

'De volgende keer vertel je ons waar je naar toe gaat! Dat is normaal. Als ik wegga naar een vriendin of boodschappen ga doen, zeg dat ook tegen jullie. Ik kan toch niet zomaar verdwijnen?'

Sara zucht. 'Ik ga naar mijn kamer.'

Halverwege de trap blijft Sara staan en probeert op te vangen wat Esther en Martin tegen elkaar zeggen.

'Ik weet zeker dat ze voor me fietste,' beweert Martin.

'Ze liegt?'

'Volgens mij wel.'

'Waarom?'

'Dat verhaal over het trainen van haar beenspieren, geloof ik niet.'

'Misschien is het wel waar,' mompelt Esther.

'Ze verbergt iets.'

Sara hoort Martin zuchten. Ze klemt haar kaken op elkaar. De situatie thuis zal door dit incident niet verbeteren.

Kan ze iets doen?

Aarzelend gaat ze naar beneden en kondigt haar komst aan door luidruchtig te hoesten.

'Mag ik wat zeggen?' vraagt ze poeslief. 'Ik ben niet met rare dingen bezig en wil graag dat jullie me vertrouwen.'

'Jouw gedrag komt stiekem op ons over,' bromt Martin.

'Het is niet zo bedoeld.'

'Probeer duidelijk naar ons te zijn.'

'Voor de zoveelste keer: jullie moeten niet zo op me letten. Dat deden pap en mam ook niet.'

Ze glimlachen naar elkaar, waardoor de spanning wegebt.

'Wil je iets drinken?'

'Straks. Ik wil eerst de spagaat oefenen en mijn mail checken.'

Opgelucht verdwijnt ze naar haar kamer en start de computer.

Eindelijk tijd om te kijken wat er in de rode envelop zit. Er staat inderdaad alleen een e-mailadres in de brief.

Eise.2@mail.com.

Zijn naam is dus Eise. Tenminste, als hij die gebruikt in zijn emailadres. Goh, apart, maar wel leuk.

'Sara en Eise,' zegt ze dromerig.

Klinkt apart.

Sara toetst zijn e-mailadres in.

Wat zal ze schrijven?

Aan: Eise.2@mail.com
Van: Sara Duinhoven

Ik heb de envelop gevonden.
Zoals je ziet, ben ik nieuwsgierig.
Anders zou ik niet reageren.
Wie ben je?

Ze leest haar mail een paar maal over. Het is een neutrale, nietszeggende mail. Maar voor hem voldoende om te weten dat ze in hem geïnteresseerd is.

Welke gevolgen heeft het als ze dit verstuurt?

'Durf risico's te nemen,' grijnst ze en ze drukt op verzenden.

Dan maakt ze haar beenspieren los door rek- en strekoefeningen. Ze oefent elke avond de spagaat en kan hem bijna. De laatste tijd verandert er weinig. Ze wil het kunnen tijdens het evaluatiemoment.

Terwijl ze oefent, kijkt ze voortdurend naar het scherm of er een bericht binnenkomt. Ze weet zeker dat Eise zit te wachten. Hij is ook nieuwsgierig.

Ze merkt dat ze zenuwachtig wordt als ze aan hem denkt. En dat allemaal door een vaag persoon die op een omslachtige manier haar aandacht probeert te trekken. Ze weet niet eens hoe hij er uit ziet!

Na twintig minuten stopt ze met oefenen. De spagaat lukt niet en dat zint haar niet.

Steeds meer krijgt ze een 'alles of niets' gevoel. Alsof de komende periode bepalend voor haar danscarrière zal zijn.

Dertig keer opdrukken, met het gezicht naar het scherm van de computer.

Esther staat onder aan de trap en vraagt of Sara nu wat drinken wil. 'Wij nemen thee!'

'Lekker. Ik kom eraan!' Sara staat op en wrijft over haar vermoeide bovenarmen.

WOW!

Er is een nieuw bericht.

Van Eise.

Haastig gaat ze op haar stoel zitten en klikt de mail aan.

Vet!

Contact!

14

Preparatie

Chrissy loopt in haar eentje door de gangen van de academie. Ze is ruim een half uur voor aanvang van de les aanwezig. De fiets van Sara stond ook al in de stalling. Ze stapt de kleedkamer binnen en gaat in de deuropening van de zaal staan. 'Môgge!' groet Chrissy vrolijk.
Sara groet terug, zonder op te kijken. Ze legt haar rechterbeen gestrekt op de barre en brengt haar kin in een langzame, beheerste beweging naar haar knie. Dit doet ze een paar maal achter elkaar en wisselt dan van been.
'Je komt steeds vroeger.'
Sara knikt bevestigend en blijft doorgaan met waar ze mee bezig is.
Chrissy kleedt zich om.
Ondertussen komen er andere leerlingen van 1D de kleedkamer binnen.
Hoewel ze eigenlijk veel dingen niet van elkaar weten, klikt het onderling goed. Door het dansen voelen ze zich met elkaar verbonden. En die verbondenheid wordt alleen maar groter nu dat eerste evaluatiemoment nadert. Ze zitten met elkaar in hetzelfde schuitje en er hangt veel van af...
Chrissy probeert in gedachten alle leerlingen van 1D te beoordelen.
Sara is goed en verbaast iedereen telkens opnieuw. Chrissy weet haast zeker dat Sara een goede beoordeling krijgt. Zij is het opvallendste talent van de groep, ondanks haar gebrek aan basistechniek.
Stefan en Rachid zijn goed. Hun sterkste onderdeel is zonder meer de acrobatiek die binnen de dans gebruikt wordt.

Bij hen is kracht en elegantie in evenwicht. Daarbij kunnen ze ook nog eens hele gave sprongen maken!
Coen moet meer feeling krijgen met hiphop. Zijn hart ligt vooral bij klassiek ballet en moderne dans. Wanneer iemand samen met hem 'hiphopt' en directe aanwijzingen geeft, heeft hij er wat meer plezier in.
Anne is een gelijkmatige danser. Ze is niet opvallend goed of slecht in een bepaalde dansstijl.
Quinty en Denise gaan gelijk op. Chrissy denkt dat zij later in het showballet terechtkomen.
Zelf zou ze het liefst hiphoppen of met moderne dans verder gaan. Hoewel? Ballet is ook prachtig. Met stijldansen heeft ze weinig ervaring, maar dat is ook leuk. Breakdance is vet stoer.
Chrissy glimlacht. Ze is blij dat ze geen keuze hoeft te maken. Het belangrijkste is om zich in alle stijlen te ontwikkelen.
Elmy, Nynke, Linde, Amarins en Vera dansen in haar beleving oké. Ze zijn natuurlijk goed, maar vallen niet op.
Hoe zouden de docenten haar en haar klasgenoten beoordelen?
Wist ze maar dat het alles goed zou komen. Het evaluatiemoment houdt haar bijna iedere minuut van de dag bezig. Het is al over twee weken.
Chrissy draait een elastiek in haar lange haar.
Zou één van haar klasgenoten straks naar een andere school gaan?
Ze kan het zich niet voorstellen.
Was de dag van de evaluatie maar voorbij. Dan was er duidelijkheid.
Chrissy realiseert zich dat ze nog maar kort op de vooropleiding zit! Zou ze er in slagen om ooit op de echte

dansacademie toegelaten te worden?

Het moet!

Op haar kamer prijkt een prachtige poster aan de muur met de eenvoudige tekst:

4 Ever Dance!

Dat is wat ze wil; voor altijd dansen.

Wanneer ze de zaal inloopt, valt het op dat Sara tijdens het oefenen naar buiten staart.

Chrissy knipt met haar vingers.

'Wat is er?'

'Je bent aan het staren.'

'Let op jezelf.'

'Wel op aarde blijven!' grinnikt ze. 'Dat is belangrijk.'

'Dat hoef je mij niet te vertellen.'

'Slecht humeur?'

'Ik probeer me te concentreren.'

'Het viel me gisteren ook al op. Je denkt in plaats van lekker te dansen.'

'Weet ik.'

Chrissy loopt naar de andere kant van de zaal, zet haar flesjes water bij het raam en begint met de warming-up.

Anne en Vera komen binnen.

Iedereen doet zijn eigen oefeningen voor de warming-up.

Chrissy, die met haar rug naar de deur zit, ziet Stefan niet binnenkomen. Op zijn tenen sluipt hij dichterbij, slaat twee armen om haar heen en trekt haar tegen zich aan.

Chrissy slaakt een gil. 'Wie doet dat?'

'Drie keer raden,' fluistert Stefan met zwoele stem in haar oor.

'Rachid!'
'Mis.'
'Coen!'
'Weer mis.'
'Stefan?'
'Helemaal goed. Je krijgt een zoen.'
Als het tweetal overdreven smakgeluiden laat horen, kijkt Sara geërgerd hun kant op.
Chrissy duwt Stefan van zich af. 'Niet doen. Sara raakt overstuur.'
'Jaloers?' plaagt Stefan
'Hoe kom je daar bij?' Sara trekt een verongelijkt gezicht.
'Nou, daar kan ik me alles bij voorstellen,' giechelt Chrissy en legt haar hoofd tegen Stefans schouder. 'Hij is een schatje.'
'Ik dans liever.'
'Wij ook!' roept Stefan door de zaal.
'Dat is jullie geluk,' grijnst Sara. 'Dat jullie allebei dansen. Totdat....'
'Totdat wat?' Stefan loopt schouderophalend haar kant op.
'Wat als de liefde over is?'
Stefan staart haar aan. 'Nooit over nagedacht.'
'Kan zo maar gebeuren,' lacht Sara omdat Stefan een schaapachtig gezicht trekt.
'Ik blijf dansen, met of zonder Stefan!' verzekert Chrissy haar.
Vlak voor aanvang van de les komen Leine en Lars binnen. Ze zullen samen les geven. Dat is al een paar keer eerder gebeurd.
Leine is docent jazz, Lars doet moderne dans en hiphop varianten.
Klas 1D is blij met deze twee jonge docenten die op een inspirerende manier lesgeven. Ze weten hun passie voor het

dansen over te brengen. De andere docenten zijn ouder en dat maakt toch een verschil in de manier van lesgeven en omgang met elkaar.

'Wat goed dat jullie als klas een half uur eerder komen om te oefenen!' complimenteert Lars.

'Jullie inzet is geweldig,' vindt Leine. 'Dat was vanaf het begin goed. Ik dacht dat het na een paar weken wel over zou zijn. Maar nee, jullie gaan er voor!'

'Angst en stress!' klaagt Quinty. 'Het grote evaluatie-moment nadert!'

'Rustig blijven ademen,' adviseert Lars.

'Met nadruk op rustig!' grijnst Vera.

'Waar jullie nu vooral op moeten letten is de afwerking,' legt Leine uit.

'En de preparatie!' vult Lars aan.

'Duur woord,' vindt Elmy.

'Maak even een kring,' gebaart Lars. 'Dan bespreken we nog wat dingen.'

'Ik ga de muziek uitzoeken.' Leine loopt op een elegante manier naar de docentenkamer waar de geluidsinstallatie staat.

'De Chassé kennen jullie. Dat is een aansluitpas. Die komt vaak in een dans voor en wordt naar voren of zijwaarts ge-maakt. Het is meestal een schakel, een overbrugging naar een andere beweging. Wanneer je een Chassé maakt, moet dat vaak snel. Veel dansers doen het té snel. Het moet strak en mag niet slordig. Die tussenpassen, zo noem ik ze even voor het gemak, verdienen veel aandacht. Tijdens het eva-luatiemoment wordt door ons op die details gelet. Leine en ik gaan jullie tijdens het oefenen filmen!'

'Details zijn altijd belangrijk,' merkt Coen op.

'Dansen is en blijft een complex geheel. Pas na heel veel

oefenen, gaat het vloeiender. Een beginnend danser kan niet op alle details letten. Daarom filmen we tijdens het oefenen. Dat zullen we vaak doen. Na afloop bekijken we de opnames. Dan begrijp je beter waar dingen niet goed gaan. De ervaring leert dat de danser door het bekijken van de videobeelden een beter inzicht krijgt van zijn bewegingen.'

'Logisch,' vindt Chrissy en stoot Sara aan. 'Mag ik je een advies geven? Wordt verliefd! Dan dans je de sterren van de hemel.'

'Wie weet,' mompelt Sara geheimzinnig.

'Is er iemand in beeld?'

'Nog niet.'

'Nog wat van die scooterjongen gehoord?'

Sara schudt haar hoofd. 'Ik kijk wel uit.'

'Dames! Mag ik jullie aandacht?' Lars kijkt het tweetal aan.

'Sorry. We hadden het over jongens,' zegt Chrissy met een uitgestreken gezicht.

'Jongens en dansen, dat gaat niet samen,' beweert Lars.

Er komt een gemompeld protest uit de groep.

Lars praat lachend verder. 'De preparatie is essentieel. Dat is de beweging die je maakt, voordat je een draai maakt. Een soort rustmoment. Je gewicht moet precies in het midden zijn om de juiste balans te hebben, voordat je de draai inzet. Dat klinkt ingewikkelder dan het is. Preparatie is altijd belangrijk. Ook in het dagelijks leven. Op het moment dat je aan iets nieuws begint of een beslissing neemt, moet je weten wat en waarom je dat doet. Alleen dan kun je de dingen goed doen. Je bereidt je voor en overdenkt wat je volgende stap zal zijn. Dat kan ik niet vaak genoeg zeggen. Dus, maak je hoofd leeg en dans. Vanaf nu wil ik dat jullie weten wanneer je een preparatiemoment hebt.

Sara slikt.
Even bekruipt haar het gevoel dat Lars op de hoogte is.
Onmogelijk!
Niemand weet waar ze mee bezig is.
Het is beter om dat preparatiemoment maar even te vergeten.
Diep in haar hart weet ze dat ze de situatie met de scooterjongen niet goed overdacht heeft. Ze liegt tegen haar oom en tante en ze vraagt zich af of het wel verstandig is contact te zoeken met een jongen waar ze niets van weet?

15

Uitkijken

Hij zit op de grond, met zijn rug tegen de verwarming.
Naast hem ligt een schrijfblok. Hij denkt met zijn ogen
dicht.
Even later pakt hij zijn pen.

Warm, en meer dan dat
Wanneer ik je zie
Vol, en meer dan dat
Wanneer ik aan je denk

Hij leest de regels tweemaal over, schudt zijn hoofd en ver-
frommelt het blaadje. Net zoals bij die andere gedichten die
hij probeerde te schrijven. Het lukt hem niet.
Het gaat er namelijk om, wat meisjes willen lezen. Zij moeten onder de indruk zijn van de woorden die hij gebruikt
om gevoelens uit te drukken.
Hij weet allang dat meiden een zwak hebben voor jongens
die poëzie schrijven.
Het ontbreekt hem aan inspiratie. Helaas!
Hij zal betere gedichten moeten schrijven.
Misschien toch maar een gedicht uit een gedichtenbundel
overschrijven?
Nee! Dat is niks. Hij zou hooguit een paar regeltjes kunnen lenen, maar het gedicht moet origineel en door hem
geschreven zijn.
Hij legt het schrijfblok naast zich op de grond en woelt met
zijn vingers door het haar.
Vanavond moet het klaar zijn.

De allereerste keer maakt de meeste indruk. Zeggen ze...
Hij glimlacht als hij aan de weddenschap met zichzelf
denkt.
Moet lukken, toch?
Hij gaat staan en rekt zich uit.
Zijn telefoon gaat.
'Nu even niet,' mompelt hij en legt de telefoon op de ven-
sterbank. Met zijn rug naar het raam wacht hij tot het ge-
luid stopt.
Beneden gaat de buitendeur open en weer dicht.
Hij schenkt er geen aandacht aan.
Zou hij op het internet enkele bruikbare poëtische volzin-
nen kunnen vinden?
Hij neemt plaats achter zijn computer.
Plotseling gaat zijn deur open. Geschrokken kijkt hij opzij.
'Surprise!' Daar staat ze; een lachend meisje in een prach-
tige rode jas.
'Hadden we afgesproken?' vraagt hij verbaasd en een beet-
je geïrriteerd.
'Moet dat dan?' Ze slaat haar armen om hem heen en drukt
zijn hoofd zacht tegen zich aan. 'Ik ben een verrassing.'
'Dat is waar.'
'Ik zag je voor het raam staan en heb je gebeld,' vertelt ze.
'Niet gehoord.'
Ze kussen elkaar op de mond. Zij draait een rondje. Haar
wijde jas zwiert vrolijk mee.
Hij had niet op haar komst gerekend
Ze ziet het schrijfblok. Voordat hij iets kan doen, heeft ze
het in haar handen en leest wat er staat.
'Wat lief,' fluistert ze ontroerd.
Hij glimlacht onbeholpen en voelt even wroeging.
'Ik wilde je verrassen met een gedicht, maar het lukt me niet.'

Hij zal voortaan beter uit moeten kijken, hamert het door zijn hoofd.

16

Vleugelvoeten

Het is dinsdagochtend.
In de danszaal op de begane grond van de academie oefent klas 1D. Deze ochtend geeft Lars les. Hij loopt met de ogen op de grond gericht tussen de jonge dansers door. Voor de grote wandspiegel blijft hij staan en kijkt peinzend rond.
'Het lijkt wel of niemand goed in zijn vel zit.'
Uit de groep komt een zacht, bevestigend gemompel.
'Wat is er aan de hand?'
Niemand zegt iets.
'Spanning?'
Hoofden bewegen bevestigend op en neer.
'Het evaluatiemoment?'
'Ja! Doodeng,' beaamt Anne. 'Het is voor onze de eerste keer.'
'En misschien de laatste,' zegt Stefan met een grafstem.
'Alsof we een zwaar examen moeten doen,' zucht Vera.
'Telt alleen dat ene moment?' wil Elmy weten.
'In de dans die jullie tijdens het evaluatiemoment dansen gaat het over keuzes maken,' zegt Lars. 'Het is namelijk belangrijk om een keuze te maken en er voor te gaan! Je kunt niet half je droom achterna gaan. Het is alles of niets. Dat moet de dans uitstralen.'

'Vleugelvoeten,' zegt Chrissy, die een elastiekje om haar paardenstaart draait.
In de eerste week op de dansacademie maakten de leerlingen van 1D kennis met Barbel Schmidt, een Duitse gastdocente. Zij introduceerde het begrip 'vleugelvoeten'.

Chrissy weet nog precies wat ze vertelde:

'Dansen is heel bijzonder,' zei ze. 'Je geeft alles van jezelf. Dansen komt uit het gevoel. Dat lijkt logisch, toch is het een kunst om dansen op die manier te ervaren. Misschien denken jullie, dat het makkelijk is. Ik weet dat het moeilijk is. Je moet je heel kwetsbaar opstellen wanneer je vanuit je innerlijk danst. Als je dat durft en kunt, dan dans je echt. Dan hebben voeten vleugels gekregen. Alles wat ik nu verteld heb, vat ik samen met een zelfbedacht woord: vleugelvoeten'.

'Dat is inderdaad waar het om gaat,' knikt Lars. 'Als jullie later professionele dansers zijn, moeten jullie dat prachtige woord van Barbel maar in je gedachten houden. Het betekent heel veel.'
Lars loopt naar een andere plek in de zaal.
Lars is een jonge docent met een gebruinde huidskleur en kortgeschoren zwart haar. Hij is niet lang, wel sterk, lenig en gracieus. Bij hem zie je kwetsbaarheid en stoerheid naast elkaar.
Enige tijd geleden gaf hij een kleine voorstelling, speciaal voor groep 1D. Hij maakte indruk op de beginnende dansers.
Lars legt zijn handen op zijn borst… 'Misschien maken wij, docenten, een grote fout. Wij benadrukken teveel de dingen die nog geleerd moeten worden. We zouden meer moeten kijken naar alles wat jullie al kunnen.'
De klas begint spontaan te klappen.
'Arme kinderen. Jullie hebben geleden. Ik besef het nu pas.'
Lars trekt een grimas en doet alsof hij medelijden met hen heeft. 'Ik moet jullie de hemel in prijzen.'
'Niks mis mee,' vindt Stefan.

'We zijn beginnelingen,' mompelt Vera. 'En nog heel erg onzeker.'

'Nog even en ik ga huilen.' Lars doet alsof hij een traan bij zijn ogen wegpinkt. 'Jullie hebben voor het dansen gekozen, dus zullen jullie straks met kromme tenen naar de videobeelden kijken die wij deze les van jullie maken. Geloof me, dat is niet makkelijk.'

Iedereen begint te lachen. Ze begrijpen wat Lars bedoelt. Wanneer je nog veel moet leren, kun je niet aan alles tegelijk denken. Dat betekent dat er nog veel dingen verkeerd uitgevoerd worden.

'Jullie zullen bij de anderen direct herkennen waar het niet goed gaat. En als je dan naar de opnames van jezelf moet kijken, komt het schaamrood op je kaken. Geloof me! Vanuit je gevoel denk je dat je behoorlijk goed gedanst hebt. Maar als je kritisch kijkt, dan besef je dat je nog veel moet leren...' 'Daarom zijn we hier op de academie!' grijnst Rachid.

'Dames en heren, wij gaan oefenen. Het laatste half uur besteden we aan de dans die we aan het instuderen zijn. Ik wil straks ook de bruggetjes, flikflak en de salto zien.' Lars kijkt naar een paar dansers in het bijzonder en voegt er aan toe dat er eerst op de mat ingesprongen kan worden. 'Een paar van jullie moeten anderen tillen. Die scènes wil ik vijf keer achter elkaar zien. We gaan eerst danspassen oefenen die eenvoudig beginnen en steeds ingewikkelder worden. Iedere beweging nemen we afzonderlijk door, zodat je de beweging van het begin tot het eind geanalyseerd hebt. Hoe makkelijk het ook lijkt, je moet de sprong, het pasje of die specifieke beweging aan alle kanten ervaren hebben. Pas dan kun je het je eigen maken. We gaan dansen en stoppen met nadenken en praten!'

Lars zorgt dat allerlei dansbewegingen aan de orde komen.

Eerst benadrukt hij de preparatie. 'Als die balans er niet is voordat je draait, krijg je een wiebel. Dat mag niet.'

'Ik heb steeds een wiebel,' fluistert Sara.

'Oefenen,' adviseert Chrissy die naast haar staat.

'Wat dacht je dat ik de hele dag doe?'

'Oefenen!'

Ze giechelen.

'Heb jij ook een wiebel voordat je draait?'

Chrissy denkt na. 'Soms.'

'Als het niet lukt...'

'Het lukt!' onderbreekt Chrissy.

Na een kwartiertje doet de groep een aantal oefeningen achter elkaar.

Dat gaat beter dan ze zelf verwacht hadden.

'De Bodyroll is bij de meeste van jullie te slordig.'

'Omdat die heel snel moet,' zegt Rachid.

'Snel of langzaam, iedere keer opnieuw moet je weer voor elke beweging de tijd nemen,' benadrukt Lars. 'Dat kan ik niet vaak genoeg zeggen. Iedereen doet zo de Snake en de spagaat voor.' Lars kijkt op zijn horloge. 'Daarna nemen we een korte pauze van hooguit vijf minuten.'

Er ontgaat Lars helemaal niets. Iedereen krijgt aanwijzingen, maar ook complimenten.

De tijd vliegt voorbij.

Al snel is te merken dat iedereen minder gespannen is.

Tijdens de pauze loopt Sara naar het toilet.

Chrissy kijkt haar na. Hoewel ze nog steeds onvoorspelbaar en kortaf in haar manier van reageren is, stralen haar ogen. Er moet iets aan de hand zijn.

Stefan komt naast Chrissy staan en vraagt plagend of ze het

nog wel ziet zitten.
'Met ons?'
Hij trekt zijn wenkbrauwen op.
'O, je bedoelt het evaluatiemoment.' Chrissy is met haar gedachten bij Sara. 'Ja, ik zie het wel zitten.'
Hij slaat een arm om haar heen.
'Ik moet even naar het toilet,' verontschuldigt ze zich.
De kleedkamerdeur staat op een kier. Ze buigt naar voren en gluurt naar binnen.
Sara heeft haar tas op de bank gezet. Ze pakt haar telefoon en staart naar het scherm.
Een bericht!
Ze drukt een paar toetsen in en leest het sms'je.
Chrissy duwt de deur open.
Met een ruk tilt Sara haar hoofd op. 'Je laat me schrikken.'
'Een berichtje?' Chrissy loopt aarzelend haar kant op.
'Niks bijzonders.' Sara drukt haar telefoon uit en laat hem in haar tas glijden. 'Even plassen.'
'Is het geheim?'
'Wat?'
'Dat.'
Met een geïrriteerde uitdrukking op haar gezicht verdwijnt Sara in het toilethokje.
Chrissy laat zich niet uit het veld slaan en gaat voor de wc-deur staan. 'Je doet anders.'
'Nog eentje.'
'Wat?'
'Die zich met mij bemoeit.'
'Je bent afwezig. Dat kan iedereen zien.'
'Heb je er last van?'
'Als ik jou was...'
'Je bent mij niet.'

'Heeft het met die jongen van die scooter te maken?'

Het blijft stil aan de andere kant van de deur.

Chrissy wacht.

Sara komt uit het toilet tevoorschijn. 'Sta je er nog?' snauwt ze.

'Het zou jammer zijn.'

Terwijl Sara haar handen wast, kijkt ze via de spiegel naar Chrissy. 'Maak je geen zorgen,' snauwt ze.

'Het is alles of niets. Je moet goed in je vel zitten.'

'Weet ik.'

'Niet vanuit je hoofd dansen.'

'Voor je het weet heb ik vleugelvoeten,' antwoordt Sara geheimzinnig.

'Ja? Hoe krijg je die?'

'Dat hang ik jou niet aan je neus.'

'Waarom vertel je niet wat er aan de hand is.'

'Later misschien.'

17

Eerste afspraak

Aan het eind van de schooldag is Sara de eerste die het biologielokaal verlaat. Ze haast zich via het trappenhuis aan de achterzijde van het gebouw naar de garderobe. Ze ruimt een paar boeken op in haar kluisje en trekt haar jas aan.
Er is niemand die op haar let.
Sinds gisteravond is er best veel gebeurd. Dat wil zeggen, na het eerste mailcontact hebben ze telefoonnummers uitgewisseld. Daarna stelde hij per mail voor om zo snel mogelijk af te spreken.

Wat dacht je van morgen?
Mailde ze.

Afgesproken!
Antwoordde hij.

Natuurlijk heeft ze geaarzeld.
Chrissy zou zoiets niet doen. Te link.
Maar waarom?
Zoveel kan er niet misgaan. Sara maakt er geen probleem van dat ze hem niet kent.
Wanneer ken je iemand nu eigenlijk?
'Iemand kennen' is maar hoe je het bekijkt. Hoe vaak gebeurt het niet dat mensen zeggen: 'zo heb ik hem nooit eerder meegemaakt.'
Mensen hebben verschillende kanten en die worden niet altijd getoond. Zo kun je dus jarenlang met iemand bevriend zijn en er vervolgens achter komen dat die

99

persoon anders is dan je dacht.

Dat overkomt zelfs mensen die al jaren getrouwd zijn.

Dus wanneer ken je iemand?

Dat ze deze stap durft te zetten, heeft alles te maken met het gevoel van ontevredenheid over haar leven. Het lukt Sara niet om haar draai te vinden. Iedereen toont begrip omdat de plotselinge dood van haar ouders een traumatische ervaring is.

Het is de vraag of ze deze verdrietige gebeurtenis ooit zal kunnen verwerken. Het verdriet blijft altijd. Daarnaast is er vaak boosheid omdat ze zich in de steek gelaten voelt door haar ouders.

Sara wil zelf de touwtjes in handen nemen, zodat ze baas wordt over haar eigen leven. Ze wil niet dat volwassenen zich met haar bemoeien. Ze kan best verantwoordelijk zijn voor haar eigen leven.

Nu Eise in beeld is, lijkt alles mooier te worden. Het biedt mogelijkheden om aan de aandacht van Martin en Esther te ontsnappen. Met hem kan ze uitstapjes plannen en plezier maken. Hij vindt haar bijzonder.

Vanmiddag om vier uur hebben ze hun eerste afspraak.

Niet op het marktplein, zoals ze zelf voorstelde, maar ergens in een restaurantje in een achteraf steegje.

Zijn voorstel verbaasde haar een beetje. Daarom stuurde ze hem vanochtend, voordat ze naar de academie ging een sms'je met een ☺ waarin ze vroeg of hij soms niet met haar gezien wilde worden.

Later, in de pauze, las ze zijn reactie.

Ik ken de eigenaar van dat restaurantje.
Daarom! ☺

Sara is zenuwachtig.

Het idee dat ze een jongen zal ontmoeten, die heimelijk verliefd op haar is, voelt vreselijk spannend. In haar buik lijken wel duizenden vlinders rond te vliegen.

Sara is blij als ze over de binnenplaats van de academie loopt. Op verschillende plaatsen staan studenten met elkaar te praten.

Iemand fluit op zijn vingers.

Sara kijkt niet om. Ze loopt rechtstreeks naar de fietsenstalling.

Er wordt opnieuw gefloten.

Roept iemand haar?

Ze schuift haar tas met dansspullen onder haar snelbinders en kijkt aarzelend opzij.

Stefan en Chrissy komen zonder jassen haar richting op lopen. De armen om elkaars middel geslagen.

'Wat ga je doen?' wil Chrissy weten.

Sara trekt demonstratief het voorwiel uit het rek. 'Naar huis.'

'We hebben een afspraak.'

'We?'

'Jij, met de hele klas.'

Sara kijkt hen aan alsof ze het in Keulen hoort donderen. Waar hebben ze het over?

'Wat kijk je nou?' Chrissy lacht verbaasd.

'Welke afspraak?'

'Kom op zeg! We zouden toch na schooltijd een uur met elkaar dansen?!'

'O, bedoel je dat,' mompelt Sara. Tot haar stomme verbazing is ze door de afspraak met Eise helemaal vergeten om naar de oefenzaal te gaan. En dat terwijl dansen bij haar op de eerste plaats staat.

'Ik kan niet. Er is iets tussen gekomen.' Sara zet haar voet op de trapper. Ze wil weg.

'Jammer,' zegt Stefan. Hij draait zich om en trekt Chrissy in zijn draai met zich mee.

Chrissy wil nog van alles vragen, maar krijgt de kans niet.

'Laat haar maar,' fluistert Stefan.

'Ze is met iets bezig.'

'Denk je?'

'Ik weet het zeker. Ze laat het dansen schieten! Dit klopt niet.'

'Moet zij weten.' Stefan drukt snel een kus op haar mond.

'Niet doen,' zegt ze met gespeelde ernst. 'Iedereen kijkt naar ons.'

'Zou je wel willen.' Hij kietelt haar in de zij. Chrissy duikt onder zijn arm door en rent over de binnenplaats naar de hoofdingang.

Als Sara door de poort fietst, kijkt ze over haar schouder en glimlacht triomfantelijk naar het verliefde stel. 'Straks komen we elkaar tegen in de zevende hemel.'

Sara is nog geen honderd meter van de academie verwijderd, als ze een sms'je krijgt.

De moed zakt in haar schoenen.

Zou Eise afzeggen?

Hai Sara.
Er is wat tussengekomen.
Kun je een uur later?
Hoop van wel.
Wil je graag ontmoeten.
Eise.

Shit!
Een uur wachten. Wat een tegenvaller. Dan had ze net zo goed op de academie kunnen blijven.
Wat nu?
Sara besluit naar de bibliotheek te gaan. Daar is het lekker warm en er liggen leuke tijdschriften.
Fietsend sms't ze hem terug.

Geen probleem.
Ik zie je over een uur!

Het voelt vervelend dat ze nu niet aan het dansen is. De onbekende Eise beheerst plotseling haar leven. Het is geen optie om terug te gaan naar de academie. Dan komt ze alsnog te laat voor haar afspraak met hem. Ze hoopt te ontdekken of Eise gek op haar is. En waarom…
Haar hart slaat met grote regelmaat een paar slagen over.
Het zou dus zomaar kunnen dat ze straks een echte vriend heeft.
Vetgaaf!
In de bibliotheek is het rustig. Ze zoekt een plekje bij het raam en bladert door een paar tijdschriften.
Haar gedachten dwalen af. Hoe zou hij eruit zien? Misschien is hij wel heel lelijk of oud.
De tijd gaat langzaam.
Drie kwartier later wandelt ze met de fiets aan de hand langs talloze etalages op zoek naar het steegje waar ze hebben afgesproken.
Vlak voor de oude kerk blijft ze staan en vraagt zich af of ze naar de overkant van het plein moet?
Een meisje botst tegen Sara op.
'Sorry.'

'Ik keek ook niet uit,' mompelt Sara. 'Ik zoek de Nonnensteeg?'

Het meisje blijft staan en kijkt haar fronsend aan. 'Restaurant 'Het Klooster'?'

'Ja.'

'Dat is vlakbij. Ik kom er net vandaan. Tien meter rechtdoor, dan rechtsaf.'

Met haar hoofd in de wolken loopt ze verder.

Het moment van de ontmoeting is bijna aangebroken.

Het meisje in de rode jas staat een eind verderop stil en kijkt Sara na. Zal ze teruglopen om poolshoogte te nemen?

Sinds gisteren heeft ze last van een onrustig voorgevoel.

Het heeft met hem te maken.

Dat moet haast wel...

18

Zoen

Met knikkende knieën loopt Sara door het steegje langs gevels van eeuwenoude huizen.
Daar is het restaurant.
Aan de zijkanten van het oude gebouw hangen oude olielampen.
Op de grond staan regentonnen die het terras afbakenen.
Er staan een paar tafeltjes met stoelen.
Er hangt een bordje aan een dunne ketting die tussen twee regentonnen gespannen is.

Terras gesloten.

Achter de ramen brandt licht. Het ziet er sfeervol uit.
Vanaf de buitenkant is niet te zien wie er in het restaurant zit.
Sara aarzelt. Zal ze buiten blijven wachten?
Ze werpt een blik om zich heen en wandelt verder.
Het is bijna vier uur. Ze heeft niemand naar binnen zien gaan.
Sara draait zich om en slentert terug.
Op de wit gekalkte buitenmuur staat in sierlijke letters geschreven:

Het Klooster

Iemand tikt op het raam.
Sara knijpt haar ogen tot smalle spleetje samen en probeert te ontdekken wie dat doet.

Is het voor haar bestemd? Probeert iemand haar aandacht te trekken?

Een paar tellen later gaat de deur van het restaurant open en verschijnt er een lange jongen met een modern kapsel in de deuropening. Hij heeft schuine bakkenbaarden en lichte baardgroei op zijn gezicht.

Wow!

Hij is ouder dan ze verwacht had.

'Ik ben Eise.'

'Ik Sara.'

'Weet ik.' Hij lacht charmant.

Sara voelt haar knieën week worden als ze naar hem toe-loopt. Hij heeft donkere ogen en lange wimpers. Ze schudt haar lange zwarte haar met een gracieus gebaar naar achteren.

'Raar, hè?' Hij kijkt haar met een verontschuldigend lachje aan. 'Zoals het gegaan is.'

'Nogal,' geeft ze toe.

Hij steekt zijn hand naar haar uit.

Sara legt haar koude hand in die van hem en laat zich door hem mee naar binnen nemen.

Op tafels en in de vensterbanken staan brandende kaarsen.

Door de grote houten tafel met losse zitbanken lijkt het restaurant op een middeleeuwse herberg.

Eise wijst naar het kleine tafeltje voor twee personen bij het raam. 'Die is voor ons. Wat wil je drinken?'

'Wat neem jij?'

'Cola.'

'Ik ook.'

Haar hart kruipt bonkend in haar keel omhoog.

Waar moet ze met hem over praten?

Hij geeft de bestelling door en gaat tegenover Sara zitten.

'Bloedmooi.'

Sara slikt. Bedoelt hij haar?

'Toen ik je de eerste keer zag fietsen, was ik meteen verkocht.' Hij klakt met zijn tong.

Sara voelt vanaf haar kaaklijn een blos omhoog kruipen.

Ook dat nog.

'Dank je,' stamelt ze.

'Ik durfde niet naar je toe te gaan.'

'Ik bijt niet.'

Hij glimlacht.

'Waar woon je?' vraagt ze om de stilte geen kans te geven.

'Tussen Hevelem en Roosburch.'

'Op een boerderij?'

Hij knikt bevestigend. 'En ik weet waar jij woont.'

Sara glimlacht verlegen.

Hij weet echt al veel!

Heftig!

De serveerster brengt twee glazen cola.

'Ik was bang dat je niets van me moest hebben. Dat risico wilde ik niet lopen. Ik heb mijn oude scooter van stal gehaald en wachtte totdat je langs fietste. Ik had een helm op, dus wist je niet wie ik was. Ik wilde geen blauwtje lopen.

Sara luistert, zonder hem in de rede te vallen.

Eise vertelt waarom hij met haar in contact probeerde te komen.

'Ik heb vriendinnen gehad,' zegt hij. 'Maar vanaf het moment dat ik jou zag, voelde ik me heel anders. Je hebt iets mysterieus.'

'Wat weet je nog meer van me?'

Eise raakt Sara's hand aan. De aanraking voelt prettig.

'Je zit in die talentenklas van de dansacademie.'

'Klopt.'

'Ik dans niet.'

'Wat doe je wel?'

'Voetbal. Verder zit ik nog op school en hou van muziek.'

'Leuk.' Ze wendt haar blik af. 'Verder weet je niks?'

'Dat je hier in de zomervakantie bent komen wonen.'

Sara knikt.

'Vond je het stom, die briefjes onder de boom?'

'Ja en nee.'

'Ik wist bijna zeker dat je nieuwsgierig zou worden en wel een afspraak zou willen maken.'

Ze lachen naar elkaar.

Dan kijken ze elkaar een poosje aan. Zomaar.

Eise brengt zijn gezicht naar die van Sara en zoent haar vol op de mond.

Vlindervleugels.

Zo gaat het dus, verliefd worden...

19

Niets

Nog één week, dan zal voor 1D het gevreesde evaluatiemoment plaatsvinden. De docenten hebben er alles aan gedaan om de spanning bij de leerlingen weg te nemen en zijn daar redelijk goed in geslaagd. Maar als de leerlingen elkaar maandagochtend vroeg in de oefenzaal treffen, zien hun gezichten er anders uit.

'Last van stress?' vraagt Quinty aan Linde die wallen onder de ogen heeft.

Linde wrijft geeuwend met haar handen over haar gezicht.

'Ik had drie keer dezelfde nachtmerrie.'

'Over het evaluatiemoment?'

'Waar anders over? Ik droomde dat ik zenuwachtig was en geen hap door mijn keel kreeg. Ik liep door de danszaal. Edith had een lijst met namen onder haar arm en ging naast Leine zitten. Ze keken steeds naar mij. 'De slechte dansers mogen eerst,' riep Lars. Hij zat met een paar mannen in een zwart pak op een podium achter tafels. Er hing een rare sfeer. Leine liep naar me toe. 'Jij mag eerst.' Ze trok me aan de arm mee naar het midden van de dansvloer. Opeens zag ik dat er een orkest was. De muzikanten die in een polonaise achter elkaar aanliepen, speelden een wals. Lars riep dat ik moest hiphoppen. Edith, Leine en nog een paar docenten moedigden mij aan. Ik was helemaal in de war en zakte als een zielig hoopje van ellende in elkaar.'

'Arme jij.' Quinty heeft met haar te doen.

'En dat heb ik drie keer in een droom meegemaakt.'

'Jouw zelfvertrouwen zal een flinke dreun gekregen

hebben,' grinnikt Quinty.

'Nog een week te gaan!' roept Denise, wanneer ze de kleed-kamer binnenstapt. 'Niet zenuwachtig worden, jongens!' Onderling maken ze grappen over de spanning die bij 1D merkbaar toeneemt.

'Dit is niet de bedoeling,' zegt Lars wanneer hij in de wandelgangen opvangt dat de zenuwen weer de overhand krijgen. Hij vraagt hun voor aanvang van de les op de bank plaats te nemen.

'We krijgen een peptalk,' grijnst Rachid.

'Die heb jij niet nodig,' vindt Elmy. 'Jij doet alles goed.'

'Ik moet net als jij mijn best doen,' reageert hij verbaasd.

Chrissy kijkt in de kleedkamer.

Sara is er niet.

Ze loopt snel door naar de gang en ziet Sara richting de kleedkamer rennen.

'Net op tijd!' zegt Chrissy.

Sara's gezicht betrekt als ze merkt dat Chrissy haar op staat te wachten. 'Ga maar naar de zaal. Ik kom er zo aan.'

'We waren hier allemaal eerder om te oefenen.'

Sara gooit haar tas in een hoek. 'Fijn.'

'Waarom was je er niet?'

'Lekke band.'

Chrissy gelooft haar niet, maar zwijgt. Ze stapt de zaal binnen en trekt de deur zachtjes achter haar dicht.

Sara is in een korte tijd veranderd. Ze komt te laat en is als eerste weg. Ze gaat niet meer mee naar de kantine en ze stuurt ook geen mailtjes of sms'jes meer, zoals in het begin. En bovendien ze heeft nooit meer voorgesteld om na schooltijd te oefenen.

Zonder iets te zeggen schuift Sara op de bank naast Nynke.

'Ik vind het super dat jullie iedere ochtend een uur eerder je bed uitgaan om extra te oefenen,' vertelt Lars. 'Soms merk ik dat jullie wat onzeker zijn. Dat hoeft echt niet. Een danser zonder zelfvertrouwen danst niet overtuigend. Ik begrijp dat het voor jullie allemaal spannend is.' Lars neemt de tijd om elke leerlingen even aan te kijken. 'Probeer dat evaluatiemoment uit je hoofd te zetten en dans uit je gevoel. Dan gaat alles beter. Stuk voor stuk zal ik de solo's bespreken. Perfectie verwachten we nog niet. Probeer met plezier te dansen. Ik zie dat jullie denken, maar ik wil jullie zien dansen! Wanneer wij dansers zien, die de pasjes en sprongen vanuit het hoofd doen, haken wij als docenten snel af.'

Lars vertelt dat hij vanaf het begin van alle leerlingen aantekeningen in een schrift heeft gemaakt. Ik ben van plan om vier keer per jaar met iedereen afzonderlijk te bespreken hoe je ontwikkelingen zijn. 'Jullie klassenlerares doet dat ook. Edith bespreekt vooral de theorievakken en de algemene vorderingen wat het dansen betreft. Ik hou het bij mijn lessen. Natuurlijk hebben alle dansdocenten onderling contact. Omdat over een week het evaluatiemoment is, vind ik het een geschikt moment om met iedereen een persoonlijk gesprekje te hebben. Tijdens dat gesprek kunnen we nog even de puntjes op de i zetten en kan ik advies geven.'

De klas stelt hem een paar vragen en daarna geeft Lars aan dat hij met de eerste gesprekken wil beginnen. 'Zou je als eerste voor een gesprek willen komen?' Hij kijkt Sara vragend aan.

'Ja hoor!' Sara loopt langs haar klasgenoten naar hem toe.

Chrissy heeft nog steeds het gevoel dat ze Sara wakker moet schudden omdat haar plaats op de dansacademie gevaar loopt. Haar houding is veranderd.

Dansen stond op de eerste plaats, maar dat lijkt nu om één of andere duistere reden niet meer zo te zijn.

Iets in haar zegt dat Sara haar eigen glazen ingooit. Dat het straks een kwestie is van alles of niets.

Ze weet dat het geen zin heeft om er met haar over te praten. Sara lijkt totaal niet geïnteresseerd te zijn in wat een ander denkt of zegt. Ze leeft in haar eigen wereld.

Het zou eeuwig zonde zijn als ze haar droom om danser te worden, in rook op laat gaan.

Sara en Lars verdwijnen in de docentenkamer.

Chrissy, Stefan, Rachid, Coen en Elmy oefenen acrobatiek. De anderen houden zich bezig met de Chassé, Pas de Bourré, Flexen, Bodyroll en het Kicken. Weer anderen houden zich bezig met hun eigen stuk voor de evaluatie.

Sara stapt tien minuten later de zaal weer in. Ze kijkt opgelucht.

'Viel het mee?' vraagt Chrissy op luchtige toon.

'Waarom zou het niet meevallen?' Sara neemt haar spottend op.

'Ik heb het gevoel dat je veranderd bent.'

'Ik voel me super.'

'Zoiets dacht ik al,' lacht Chrissy. 'Waarom?'

'Waarom?'

'Er is toch een reden?'

'Als ik die had, zou ik jou dat zeker niet aan je neus hangen!'

'Staat dansen niet meer op de eerste plaats?'

Sara kijkt haar niet-begrijpend aan. 'Ben je serieus?'

'Ja. Ik heb soms het gevoel dat dansen niet meer zo belangrijk voor je is.'

Sara wijst met een vinger naar haar voorhoofd.

Heeft Sara een geheim?

Lars roept Chrissy voor het gesprek.
In gedachten loopt ze rakelings langs Stefan naar de docentenkamer.
'Love you,' fluistert hij.
'Love you,' grinnikt ze dan.
Heel even raken ze elkaars handen aan terwijl ze langzaam verder loopt.
Een tikkeltje gespannen gaat ze tegenover Lars zitten.
Lars bladert door het schrift. 'Wat vind je zelf.'
'Over hoe ik dans?'
Hij glimlacht bevestigend.
'Best goed,' durft ze te zeggen.
'Dat hoor ik graag. Het gaat goed. Er zijn nog veel dingen die je moet leren, maar er zit een goede lijn in jouw ontwikkeling. Hiphop is minder ontwikkeld, maar dat haal je snel in.'
'Stefan helpt me.'
'Dat vermoeden had ik al.' knipoogt hij. 'Na schooltijd?'
'Ja,' grinnikt ze. 'En in de weekenden.'
'Dat hij dat allemaal voor jou over heeft.'
'Ik snap het ook niet.'
Lars trekt zijn gezicht in de plooi. 'Ik heb een aantal dingen genoteerd. Het is vooral de afwerking die vaak beter kan. Wanneer je op één onderdeel let, vergeet je het ander. Ik zie dat je vaak naar de grond kijkt. Niet doen! Kin omhoog en naar voren kijken! Verder zou je in de scènes waar hiphop overgaat in jazz, meer op de plaatsingen van de armen moeten letten. Is het negentig graden, dan is het negentig graden en niet meer of minder. Die precisie is van belang. Vooral bij jazz. Bij hiphop is dat minder. Verder wil ik je er op wijzen dat jouw techniek bij het tillen verbeterd moet worden. Ik zal het je later in de les nog eens voordoen.'

'Ik heb dat nog niet zo vaak gedaan.'
'Weet ik. Maar je moet het wel kunnen. Oefenen, dus. Ik merk regelmatig bij studenten die deze opleiding doen dat ze een houding aannemen van 'ach, dat komt later wel eens'.
Vergeet niet dat je in een geselecteerde groep met alleen maar talenten zit. Daar moet wat tegenover staan.'
Chrissy knikt.
Voordat ze op de dansacademie kwam, had ze geen ervaring met het optillen van een partner. Stefan en Rachid zijn er goed in, maar dat zijn dan ook echte hiphoppers.
'Probeer elke dag krachtoefeningen te doen om meer spierballen krijgen.'
'Doe ik,' belooft ze.
Lars scheurt een klein papiertje af en schuift dat over de tafel naar haar toe. 'Hier staan een paar technieken op, waar je aan moet werken. Maar dat zul je zelf ook wel weten.'
Chrissy's ogen glijden over het papiertje.

Scoop, vierkantje, jazzhand, loopdraai en de tabletop

'Klopt.' Ze weet van zichzelf dat ze die bewegingen niet goed genoeg afwerkt.
Lars ziet alles.
'Ik ben tevreden over je. Je uitstraling en inzet zijn goed. Zit niet over volgende week in. Als je danst, zoals je het nu doet en meer aandacht geeft aan die technieken die ik voor je opgeschreven heb, komt alles goed.'
Chrissy's hart maakt een sprongetje. Dit is geweldig nieuws.
Wanneer ze aanstalten maakt om naar de zaal te gaan, houdt Lars haar tegen.

'Wat weet jij van Sara?'
'Weinig.'
'Ruzie thuis?'
'Soms.'
'Ze danst goed, maar dwaalt af. Zou ze verliefd zijn?'
Chrissy's mond zakt open. 'Verliefd? Nee, dan zou ik het wel weten.'
Lars haalt zijn schouders op. 'Ik weet dat ik het niet aan je mag vragen, maar doe het toch. Wil je mij op de hoogte houden als je ontdekt wat er aan de hand is? Ze concentreert zich niet. Dat is funest voor het dansen. Ze heeft veel talent, maar dat is niet genoeg. Dansen is alles voor haar.'
'Ik weet het,' beaamt Chrissy.
'Maar als ze zo doorgaat heeft ze straks niets meer.'

20

Ruzie

Langzaam fietst het meisje door de straat. Bij het huis met nummer vijftig rijdt ze het tuinpad op. Aan de achterzijde van de woning laat ze haar fiets tegen de heg zakken.

In de tuin is een geblondeerde vrouw met een rode haarband bezig met onkruid wieden. Ze richt zich op als ze voetstappen hoort. Verbaasd veegt ze wat modderresten van haar hand. 'Hallo!' groet ze.

Het meisje loopt over het gras naar haar toe.

'Ruzie?' vraagt de vrouw knipogend.

'Met wie?'

Ze gebaart naar het huis. 'Hij kwam een minuut geleden thuis.'

Het meisje wendt haar gezicht af. Hij sms'te dat hij langer op school bleef om aan een project te werken met andere leerlingen en niet voor vijven thuis zou zijn. Haar hersenen werken koortsachtig. Er klopt iets niet.

'We hadden niets afgesproken,' legt ze uit. 'Ik had een boek laten liggen.'

'Vandaar.' De vrouw lacht. 'Die rode jas staat je mooi.'

Het meisje draait een rondje en loopt naar de achterdeur.

Onrust kruipt door haar lijf.

Geruisloos beklimt ze de trap.

Bij de deur van zijn kamer blijft ze staan.

Waarom heeft hij verteld dat hij op school zou blijven?

Ze hoort hem met iemand telefoneren.

'Ik zou het wel willen, maar dan kan ik niet,' lacht hij. 'Maandag, dinsdag en donderdag kan ik met je afspreken. De andere dagen moet ik aan het studeren besteden.'

Het meisje frunnikt aan een knoop van haar jas.

Waar gaat dit over?

Ze klopt onverwachts op de deur en zonder zijn reactie af te wachten, stapt ze naar binnen.

De jongen draait zich met een ruk om en knikt glimlachend.

Ze laat zich op bed vallen.

'Is goed. Ik bel je later terug,' komt het gejaagd uit zijn mond.

Hij drukt zijn telefoon uit en loopt met uitgestoken armen naar haar toe.

'Maandag, dinsdag en donderdag heb je tijd.'

'Ja, we moeten dat project afronden.' Hij wil haar kussen, maar ze draait haar hoofd snel weg.

'Waar ben je mee bezig?'

'Dat kan ik beter aan jou vragen.'

Hij loopt naar het raam en blijft met zijn rug naar haar toe staan. 'Je controleert me...'

'Vind je het gek?' Haar stem slaat over. 'Zeg gewoon wat er is.'

Hij draait zich boos om. 'Vertrouw je me niet?'

'Niet meer.' Het meisje gaat rechtop zitten en loopt dan met opgeheven hoofd zijn kamer uit.

'Carlijn?'

Ze reageert niet.

Wanneer ze buiten is, kijkt de vrouw verwonderd op. 'Ga je weg?'

'Ja.'

'Je bent er net.'

'Ruzie,' mompelt ze.

21

Niet alles, dus kiezen!

De laatste dagen voor het evaluatiemoment brengen bijna alle leerlingen van 1D hun vrije uren in de danszaal door. Soms moeten ze de prestaties van de anderen beoordelen. De meeste van hen vinden het moeilijk om kritisch te zijn, maar worden aangemoedigd dat wel te doen. Je helpt de ander door eerlijk te zeggen wat jij er van vindt.

Een leuke bijkomstigheid is, dat bijna iedereen achteraf ontdekt dat ze vaak dezelfde foutjes maken, die ze bij een ander constateren.

'Daarom is dit belangrijk,' zei Leine. 'Iedereen is bang de ander te kwetsen, maar opbouwende kritiek is goed. Wij mensen beleven alles vanuit onszelf. Vaak is het moeilijk om je daarvan los te maken. De eigen beleving is anders dan de werkelijkheid. Dat noemen we de bekende 'blinde vlek'. We kunnen onszelf niet objectief beoordelen. Door er op deze manier mee om te gaan, leer je jezelf te verbeteren.'

Hoewel Sara alle lessen bijwoont, oefent ze niet tijdens de vrije uren. Chrissy blijft zich daarover verbazen en vindt het oerstom.

Een aantal klasgenootjes vroeg haar waarom ze nooit meer extra oefent.

'Heb meer dingen te doen,' antwoordde ze kortaf.

Sara probeert iedereen te ontwijken en heeft geen zin om vragen te beantwoorden. Ze gaat gewoon haar eigen gang.

Donderdagochtend roept Lars haar in de pauze bij zich.

Chrissy blijft in de buurt staan en probeert flarden van het gesprek op te vangen.

Lars vraagt of ze tevreden is over haar prestaties.

Sara knikt onzeker.

'Ik niet.'

Geschrokken kijkt Sara hem aan. 'Ik doe mijn best.'

'Je doet je ding en dat is het. Ik mis het enthousiasme en je inzet die je eerst wel had. Dansen leek het allerbelangrijkste in je leven. Wat is er op dit moment belangrijker?'

Sara kijkt hem verontwaardigd aan.

'Je hoeft het mij niet te vertellen. Maar als dansen alles voor je betekent, dan zal er iets moeten veranderen. Sara, ik ben bang dat het op deze manier niet goed gaat komen. Je bent enorm getalenteerd, maar je hebt ook techniek nodig. Ik weet bijna zeker dat alle mensen die je tijdens het evaluatiemoment moeten beoordelen, dat zullen opmerken.'

'En dan?'

Chrissy kromt haar tenen omdat die laatste woorden onverschillig uit haar mond komen.

Lars weet met moeite zijn verbazing te verbergen. 'Ik wil dat je over mijn woorden nadenkt. Als er vragen zijn, dan ben je welkom.'

'Oké.'

'Ik wil je een voorstel doen.'

'Is goed,' mompelt ze een beetje afwachtend.

'Stefan is een complete danser.'

Chrissy spits haar oren als ze Stefans naam hoort vallen.

'Hij heeft een goede techniek, kracht, gratie... Het is me opgevallen dat hij van iedereen waar hij mee danst, een prachtige danspartner weet te maken. Er is weinig tijd. Na het weekend wordt er geëvalueerd. Zullen we Stefan vragen of hij bepaalde dansfragmenten uit de gezamenlijke dans met jou wil oefenen. Ik ben er van overtuigd dat hij alles uit je weet te halen!'

Sara aarzelt. 'Zou hij dat willen?'

'Waarom niet?'

Chrissy klemt haar kaken op elkaar. Waarom moet Sara juist met hem dansen? Er zitten veel duetten in, waarin hij haar moet tillen.

Bagger!

Chrissy drinkt haar flesje leeg.

Quinty stoot haar aan. 'Kop op.'

'Wat?'

'Nou ja.' Quinty maakt een hoofdbeweging in de richting van Lars en Sara die naar Stefan lopen.

'Leuk is anders,' geeft Chrissy toe.

'Niks voor mij.'

'Stefan?'

'Jawel,' grinnikt Quinty. 'Ik bedoel, dat als Stefan mijn vriend zou zijn, ik het niet leuk zou vinden als hij met een ander moest dansen.'

'Daar moet je boven staan,' zucht Chrissy. 'Dat heb je nu eenmaal als je danser bent.'

Zou het Stefan iets uitmaken wat zij er van vindt?

Niemand heeft haar iets gevraagd. Toevallig danst ze wel duetten met hem!

Dansen heeft niets met verliefdheid te maken, dat weet Chrissy ook wel. Maar het voelt niet leuk. Ze heeft moeite met de situatie.

Sara zal heus niet proberen om Stefan van haar af te pikken.

Het is heel gewoon dat Stefan met haar danst. Net zo gewoon als wanneer zij of hij met één van de anderen danst. Maar toch...

Ze zal Stefan met anderen moeten delen.

Na de pauze vraagt Lars of iedereen zijn positie in

de zaal wil opzoeken.

'Jij danst met Vera,' zegt Lars tegen Chrissy. 'Ik neem aan dat het geen probleem is.'

Chrissy schudt dapper het hoofd. 'Nee hoor.'

'Fijn!' Lars komt dichtbij Chrissy staan. 'Ik hoop dat Stefan een goede invloed op haar dansen heeft.'

De ruimte wordt gevuld met muziekklanken.

Het duurt even voordat Chrissy in de dans zit. Ze vindt dat ze zich niet zo moet aanstellen en doet haar best om niet op Stefan en Sara te letten. Anders kan ze beter meteen stoppen.

Ze wil dansen!

Na een paar minuten zijn die vervelende gedachten uit haar hoofd en voelt ze dat muziek en beweging in haar lijf weer hun balans hebben gevonden.

Dat voelt machtig!

Lars verdeelt ze in twee groepjes, zodat ze een battle kunnen beginnen.

Stefan zit in de andere groep.

Chrissy komt na drie geweldige zweefsprongen bij Stefan terecht, die een salto heeft gemaakt.

Ze dansen samen, kijken elkaar aan en gaan weer terug naar hun groep.

In zijn ogen zag ze zoveel warmte, dat ze zich weer blij voelt.

Iedereen heeft het naar zijn zin. 'Kicken is dit!' hijgt Quinty.

Chrissy kijkt haar lachend aan. 'Nogal.'

Als Chrissy na afloop van de les onder de douche vandaan stapt, wacht Sara haar op.

'Heb je met Lars gepraat?'

'Ja.'

'Over mij?'
'Nee.'
'Waarom let iedereen op me?'
'Dat weet je best.'
Sara houdt haar blik uitdagend op Chrissy gericht. 'Omdat ik na schooltijd niet extra oefen?'
'Omdat dansen voor jou niet meer op de eerste plaats staat.'
'Hoe kom je er bij?'
'Je komt ineens niet meer oefenen en lijkt zo snel mogelijk weer iets anders te willen gaan doen.
'Bullshit.'
'Het valt de anderen ook op.'
'Er is nog iets dat belangrijk voor me is. Punt.'
Chrissy blijft Sara vragend aankijken en hoopt dat Sara meer zal vertellen.
'Je mag er met niemand over praten.'
'Ik zwijg als het graf,' belooft Chrissy.
'Ik heb een vriend.'
WAT?!' Chrissy staart haar verbijsterd aan.
'Ja, een vriend.'
'Sinds wanneer?'
'Vorige week,' grinnikt Sara.
'Die scooterjongen?'
'Ja.'
'Dat je gereageerd hebt op die vreemde brief! Wie is het?'
'Je kent hem niet. Eise Terlaak.'
'Nooit van gehoord. Waarom legde hij de brief onder een boom?'
Sara legt het uit.
'Onzekerheid,' constateert Chrissy.
'Hij is zeventien.'

'Jee, wat oud! Leuker dan Stefan?'

'Meer dan dat.'

'Na het weekend hebben we de evaluatie…'

'Eise is belangrijk voor me. Ik wil hem niet kwijt.'

'Je kent hem nog maar net!'

'Daarom kun je iemand wel leuk vinden!'

'Eerst moet je elkaar beter leren kennen.'

'Hij is veel met school bezig en kan daarom alleen eventjes na schooltijd afspreken. Ik ben bang dat ik hem kwijt raak als ik dan niet naar hem toe ga.'

'Je kent hem nog maar net!' benadrukt Chrissy opnieuw.

'De bekende vonk sloeg meteen over.'

'Wat is belangrijker? Dansen of hij?'

'Als ik die vraag aan jou stel?'

Chrissy maakt een wanhopig gebaar.

'Kies jij voor dansen?'

'Ik denk het wel,' antwoordt ze zacht.

'Ik moet het eerst zeker weten.'

'Wat?'

'Of hij voor mij kiest.'

'Twijfel je?'

'Heb steeds een vreemd gevoel. Dan ben ik bang dat hij het niet met me ziet zitten. Ik wil hem beter leren kennen.'

'Daar ben je dus mee bezig.'

'Ik wil dat ik een kans met Eise krijg. Ik heb een vervelend 'nu of nooit' gevoel.'

'Je kunt niet alles. Het dansen gaat nu wat minder. Je zult moeten kiezen, tijd doorbrengen met Eise of oefenen.'

'Ik moet gewoon steeds aan hem denken.'

'Als ik jou was…'

'Dat zoek ik zelf wel uit,' valt Sara in de rede. 'Ik wil dansen én Eise.'

Foute boel

Chrissy en Stefan slenteren hand in hand door het centrum van Roosburch.

Ze hebben heerlijk gedanst en dat is elke keer weer kicken.

'Wat keek je raar toen ik met Sara moest dansen,' plaagt Stefan.

Met een uitgestreken gezicht antwoordt Chrissy dat zij liever zelf in zijn armen ligt.

'Was je jaloers?'

'Nee! Hoe kom je daar bij?! Sara doet maar wat en dan mag juist zij met jou dansen.'

'Ze danst goed.'

'Weet ik,' zucht ze. 'Maar je kent haar probleem.'

'Vriendje.'

'Ik vertrouw die jongen niet, wat wil een jongen van zeventien nou met een meisje van dertien.'

'Als Sara hem wel vertrouwt,' grijnst Stefan.

'Ze is bang om hem kwijt te raken.'

'En dus is hij belangrijker dan het dansen.' Stefan klakt met zijn tong.

'Ze wil graag een vriend.'

Hij geeft haar een kus op de wang. 'We geven een goed voorbeeld.'

'Zou zo maar kunnen.'

'Het is haar probleem, niet het onze. Ze is gewaarschuwd en voor de rest moet ze het zelf uitzoeken,' zegt Stefan. 'Lars was vandaag heel duidelijk. Ze zet haar danscarrière op het spel.'

'Klinkt dramatisch.'

'Zo is het toch?'
Chrissy knikt bevestigend. 'Die jongen blijft in haar gedachten.'
'Weet je zijn naam?'
'Eise Terlaak.'
'Eise Terlaak,' herhaalt Stefan peinzend. 'Zegt me niets.'
Het tweetal wandelt verder.

Bij een steeg vlakbij het marktplein staat Sara stilletjes met haar handen in de zakken tegen een muur geleund. Haar ogen volgen Chrissy en Stefan, die gearmd tussen de winkelende mensen lopen.
Dat wil zij ook, maar Eise niet. Ze heeft het een paar keer gevraagd, maar hij was niet te vermurwen.
'Ik hou niet van drukte, ik heb je liever voor mezelf.'
'We kunnen toch gezellig door de straten lopen?'
Hij lachte spottend. 'Als je dat leuk vindt, moet je iemand anders meenemen.'
Het voelt heerlijk dat een jongen verliefd op haar is. Iedereen mag het weten. Begrijpt hij dat niet? Ze is trots op hem.
Verwacht ze te veel?
Reageert Eise daarom zo?
Sara wil er alles aan doen om Eise niet kwijt te raken.
Die knagende onrust...
Ze wil vaker bij hem zijn, maar Eise houdt zich strikt aan bepaalde dagen en tijdstippen.
Belachelijk, maar ze heeft geen keus. Ze zal zich naar zijn tijden moeten schikken.
Ze staat in de buurt van restaurant Het Klooster. Ze hebben niets afgesproken, maar ze hoopt hem hier te ontmoeten.
Een meisje in een rode jas passeert Sara. Na twintig

meter draait ze zich plotseling om en kijkt Sara aan. Ze kijkt vluchtig rond en loopt vervolgens recht op Sara af.

'Sta je op iemand te wachten?'

Sara neemt haar fronsend op. Ze heeft het meisje in die felrode jas eerder gezien.

Als het meisje geen reactie krijgt, herhaalt ze haar vraag.

Sara is op haar hoede. 'Nee,' antwoordt ze kortaf.

'Op Eise, toevallig?'

Sara draait verbaasd haar hoofd opzij. 'Welke Eise?'

Het meisje lacht spottend. 'Terlaak.'

'Ken ik niet.'

'Heb je hem niet ontmoet in Het Klooster?'

Sara voelt zich ongemakkelijk en in haar hoofd begint een stemmetje zenuwachtig tegen haar te praten.

Zie je wel!
Er klopt iets niet.
Ik heb je gewaarschuwd.
Je wilt alles.
Wie vindt jou nou leuk?

'Doe hem de groeten van Carlijn.' De stem van het meisje trilt van ingehouden woede.

Sara gaat rechtop staan en loopt de andere kant op.

Haar hart bonkt.

Wie is dat meisje?

Met een steen in haar maag stapt ze op haar fiets.

Ze wil weg!

Sara vecht tegen haar tranen.

Wanneer ze thuis is, gaat ze eerst naar het weiland om de twee pony's te begroeten.

Ze wil tot rust komen, voordat ze naar binnen gaat.

Vijf minuten later ploft ze op een keukenstoel.

'Kan ik even met je praten?' vraagt Esther.

Wat nu weer?

Gelaten wacht Sara af.

'Thee?'

'Nee. Vertel maar...'

'Edith heeft gebeld.'

Sara's maag krimpt ineen.

'Twee dansdocenten maken zich zorgen om je.'

Sara's mond zakt open. 'Hoe dat zo?'

'Jouw aandacht is niet bij het dansen.'

'Bellen ze iedereen op die een keer afwezig is?'

'Ze zijn bezorgd.'

'Ze moeten zich niet met me bemoeien.'

'Zij beslissen of je op de dansacademie mag blijven.'

Sara schenkt Esther een boze blik.

Kan ze om die reden van de academie gestuurd worden?!

Die vraag durft ze niet hardop te stellen.

'Is er iets wat je dwars zit?'

Sara schudt ontkennend haar hoofd. Vet irritant dat er altijd op haar gelet wordt.

'Ze bellen niet voor niets.'

'Ach...'

'Maandag is het evaluatiemoment.'

'Het komt wel goed met dansen. Dat is alles voor me.'

'Jouw klassenlerares vroeg me om een gesprek met je aan te gaan. Maandag is een belangrijke dag voor je.'

'Zo erg is het toch ook niet als het maandag misgaat? Met dansen kun je toch geen droog brood verdienen.'

'Kom op!'

'Dat zijn jouw woorden,' mompelt ze hatelijk.

Sara gaat naar boven en zet haar computer aan.

Wat zou het heerlijk zijn als ze op zichzelf zou wonen. Dat zou betekenen dat ze niet meer in de gaten wordt gehouden door haar oom en tante, die toch niet begrijpen wat dansen voor haar betekent!

Ze schopt haar gympen uit en danst door haar kamer. Ze duwt haar stoel opzij en oefent de Snake. Het gaat waardeloos. Haar armen voelen loodzwaar. Normaal is het niet zo'n probleem.

Er moet iets veranderen, beseft ze.

Hijgend gaat ze achter de computer zitten.

Er is een mail van Eise.

Er valt Sara iets op.

Haar ogen dwalen zoekend over het scherm.

Hé!

Zijn e-mailadres is anders. Het is een detail.

Wonderlijk dat het haar opvalt.

In plaats van Eise 2., staat er nu Eise 1.

Aan: Sara Duinhoven
Van: Eise 1.

Hi,

Ik heb geprobeerd je te bellen.
Je neemt niet op.
Ik wil graag iets uitpraten.
Kunnen we afspreken?

Je Eise.

Sara pakt haar telefoon. Op de display is niets te zien. Eise heeft helemaal niet gebeld.

Wat wil hij uitpraten?
Een vreemd duizelig gevoel maakt zich van haar meester.
Ze belt Eise op.
'Wat is er?'
Ze hoort irritatie in zijn stem.
'Ik lees je mailtje. Je hebt zeker een verkeerd nummer gedraaid. Ik zie geen oproepen. Wat wil je uitpraten?'
Het wordt doodstil…
'Eise?'
Op de achtergrond vraagt een meisje wie er belt.
'Marco.'
Hoewel het onduidelijk was, kon Sara het verstaan.
Wie is dat meisje en waarom zegt hij niet gewoon wie ze is?
De kamer begint voor haar ogen te draaien. Met een hand grijpt ze het bureaublad vast en voelt hoe haar keel langzaam dichtgeknepen wordt.
In alle hevigheid dringt het tot haar door dat dit foute boel is.
Ze wist het vanaf het begin.
'Wie is Carlijn?'
'Ik bel je terug.' Haastig verbreekt Eise de verbinding.

23

Beloofd!

Met een klomp ijs in haar maag zit Sara doodstil op haar bed. Minutenlang, zonder zich te verroeren. In haar hoofd is het chaos.

Ze huilt. Uiteindelijk staat ze op, loopt naar de badkamer en draait de kraan open om haar gezicht af te spoelen. Met een wattenschijfje veegt ze mascara van haar wang.

Terug op haar kamer besluit ze Chrissy te bellen. Wie anders?

Ze heeft nog niet veel vrienden in Roosburch. Chrissy is op de hoogte en zal begrijpen hoe ze zich voelt.

'Stoor ik?' vraagt Sara met een zachte stem.

'Nee hoor.' Chrissy merkt direct aan haar stem dat er iets aan de hand is.

'Ik denk dat het foute boel is.'

'Met Eise?'

'Ja.' Hortend en stotend vertelt ze wat er gebeurd is. Ook over de ontmoeting met het meisje in de rode jas.

Chrissy bevestigt Sara's gevoel.

'Het klopt niet'. En dat mailtje wat hij stuurde was niet voor jou bedoeld, maar voor een ander.'

'Wie? Ik begrijp het niet.'

'Hij belt je terug?'

'Dat zei hij.'

'Hij heeft tijd nodig om een smoes te bedenken.'

'Ik zou hem graag vaker willen zien en met hem door de stad slenteren. Dat wil hij niet. Hij houdt niet van winkelen en hij wil alleen afspreken op vaste tijden.'

'Als je echt verliefd bent, wil je altijd bij die ander zijn. Niet alleen op bepaalde dagen en tijdstippen.'

'Ik was stomverbaasd toen dat meisje naar me toe kwam en plotseling vroeg of ik op Eise stond te wachten. Hoe kon ze dat weten? Ze wist dat ik hem in dat restaurant Het Klooster ontmoet had. Ik moest Eise de groeten van Carlijn doen.'

'Bizar.'

'Misschien heeft ze ons zien zitten.'

'Misschien zat zij vijf minuten daarvoor met hem in hetzelfde restaurant.'

'Dubbeldate?'

'Ik sta nergens van te kijken. Wacht je zijn telefoontje af?'

'Natuurlijk.'

'Niet doen.'

'Niet?'

'Je moet ermee kappen.'

'Met Eise?'

'Het klopt niet.'

'Ik wil hem niet kwijt.'

'Weet je dat zeker?'

'Ja,' antwoordt Sara kribbig.

'Nou, dan moet je er aan wennen dat hij wat vreemd met je omgaat.'

Er ontstaat een gespannen sfeer.

'Ga je nog oefenen in het weekend?' vraagt Chrissy als de stilte te lang aanhoudt.

'Ja. Jij?'

'Met Stefan.'

'Tot maandag.' Sara drukt de telefoon uit. Ze slaat haar handen voor haar ogen en huilt opnieuw.

Na een tijdje staat ze op.

Zelfmedelijden lost niks op.

Zal ze Eise nog een keer bellen. Of een mail sturen?

Wat moet ze schrijven?

Ze wil zekerheid.

Het enige dat ze kan doen is afwachten totdat Eise contact met haar opneemt.

Als ze hier op haar kamer blijft zitten wordt ze gek.

De telefoon gaat over.

Sara verstijft. Zenuwachtig veegt ze een zwarte haarlok uit haar gezicht en pakt de telefoon.

Het is Chrissy.

'Met mij. Sorry van daarnet.'

Sara is verrast. 'Waarom?'

'Ik deed lullig.'

'Viel mee.'

'Ik dacht, eigen schuld dikke bult. Wie niet horen wil, moet maar voelen. Maar voor jou is het een waardeloze situatie. Dan heb je weinig aan zo'n reactie van mij. Stefan en ik mogen van zijn moeder vanavond in de BSO oefenen. Wil je mee?'

'Ik weet niet...'

'Je gaat niet op zijn telefoontje wachten!'

Sara glimlacht. 'Ik heb echt geen zin in dansen.'

'Je moet Eise uit je hoofd zetten.'

'Misschien is het een misverstand...'

'Maak jezelf niks wijs. Hij is niet eerlijk. Dat voel ik.'

Sara wil het gedrag van Eise vergoelijken, maar weet dat Chrissy daar geen boodschap aan heeft. Ze moet niets van Eise hebben, terwijl ze hem niet eens kent.

Was dat meisje in de rode jas Carlijn?

De stem die ze op de achtergrond hoorde, leek op die van het meisje dat haar op straat aansprak.

'Als je gaat dansen, word je vanzelf vrolijker. Wedden?'
Sara slaakt een zucht. 'Was dat maar waar.'
'Kom op! Probeer je gedachten te verzetten. Dansen helpt!
Als je professioneel wilt worden, en dat wil je, moet je het
zo aanpakken. De knop omzetten. We verwachten je om
halfzeven. Je mag ook eerder komen.'
Sara is beduusd door de onverwachte uitnodiging van
Chrissy. 'Vind je het niet vervelend als ik er bij ben?'
'Nee. Anders hadden we je niet gevraagd.'
'Ik doe het. Tot straks.' Sara haalt een paar maal diep adem
en merkt dat de ijsklomp in haar maag begint te smelten.
Lief van Chrissy en Stefan dat ze willen helpen.
Ze sluit haar ogen en probeert zich voor te stellen dat ze
Eise's hand pakt.

*Ik vind je leuk, Eise. Echt heel leuk! Maar ik denk teveel aan
jou en dat is niet goed voor het dansen. En daarom ga ik dat nu
doen.'*

Sara borstelt haar lange haren en maakt twee hoge staarten.
Als ze naar beneden gaat, beseft ze dat het telefoontje van
Chrissy haar goed heeft gedaan. Dat ze haar excuus aan-
bood voor haar botheid en Sara vervolgens uitnodigde om
met hen mee te gaan dansen.
Esther staat bij het aanrecht. Ze is bezig met de voorberei-
dingen voor het avondeten.
'Is het goed als ik vanavond naar Roosburch ga?'
Esther draait zich om. 'Waarom?'
'Met Chrissy en Stefan in het gebouw van de BSO dansen.'
'Een soort generale repetitie.'
'Zoiets,' grijnst ze.
'Leuk. Hoe lang blijf je?'

Sara haalt haar schouders op.
'Je weet dat we liever niet willen dat je in het donker naar
Hevelem terugfietst. Zal ik je brengen en later ophalen?'
Sara aarzelt. Het liefst wil ze geen bemoeienis van haar oom
en tante. Tegelijk beseft ze dat het een goedbedoeld aanbod
is. Ze knikt instemmend.
'Ik zal zorgen dat het eten op tijd klaar is. Heb je het adres
van de BSO?'
'Ik weet ongeveer waar het is.'
Als ze vlak voor het eten haar mailbox checkt, is er een be-
richt van Eise.
Met bonkend hart opent ze de mail.

Aan: Sara Duinhoven.
Van: Eise 2.

Hi Sara.
Sorry, dat ik kortaf was. Ik zat midden in een gesprek.
Je vroeg wie Carlijn was.
Mijn ex!
Ze heeft je gesproken, zei ze. Geen idee wat ze heeft
verteld.
Carlijn is nogal jaloers. Niets van aantrekken dus.
Zullen we vanavond afspreken. Ik kan naar Hevelem ko-
men.
Geef maar een seintje.
Tot gauw.

Liefs, Eise.

Zou die ex hem stalken om zijn leven zuur te maken?
Is er sprake van een misverstand?

Maakt ze zich zorgen om niets? Wat nu?
Natuurlijk wil ze hem graag spreken, zodat ze zich niet
zo onzeker blijft voelen. Maar ze heeft afgesproken met
Chrissy en Stefan om te dansen. Dat heeft ze beloofd.
Dansen gaat vóór.

Aan: Eise 2.
Van: Sara Duinhoven

Jammer dat ik dit nu pas lees. Ik ga met een jongen en
meisje uit mijn dansklas oefenen. Ik kan niet met je afspreken. Volgende keer beter.
Liefs, Saar.

24

Puzzelstukjes

Sara zit naast Esther in de auto en wijst de weg naar het gebouw waar de BSO gevestigd is. 'Hier moet je rechtsaf en dan doorrijden tot het kruispunt. Daar moet je meteen de eerste weg links.'

Voor Sara is het ook zoeken, omdat ze er nooit geweest is. Het is nog niet zo lang geleden dat Chrissy over de BSO vertelde, waar ze met Stefan een workshop mocht geven aan de kinderen daar.

Als Esther de auto naast de BSO op een parkeerplaats rijdt, doet Sara meteen de deur van de auto open.

'Haast?' lacht Esther vrolijk.

'Nogal.' Sara springt uit de auto.

De fietsen van Chrissy en Stefan staan bij de ingang tegen de muur van het gebouw.

'Zal ik meegaan?'

Sara kijkt haar niet begrijpend aan. 'Waarom?'

Esther aarzelt als ze aan Sara's gezicht ziet dat haar voorstel niet in goede aarde valt. 'Ik heb een fototoestel meegenomen.'

'Ik hoef geen foto's.'

'Het is toch leuk om van deze periode foto's te hebben?'

Sara onderdrukt haar irritatie en knikt. 'Ik vraag de anderen of ze het goed vinden.'

Als ze naar de ingang lopen, komt Chrissy hen tegemoet. Uit de grote BSO ruimte klinkt harde muziek.

'Ke-dung, ke-dung, ke-dung!' Esther beweegt ritmisch haar hoofd heen en weer.

'Danst u mee?' vraagt Chrissy met uitgestreken gezicht.

'Jullie willen zeker lachen! Nee, ik dans niet mee. Ik wil alleen, als dat van jullie mag, een paar foto's maken.'

Chrissy en Stefan vinden het leuk.

'Herinneringen voor later,' voegt Sara er spottend aan toe.

'Ben je bang dat je maandag niet aan de eisen voldoet?' vraagt Stefan. 'Wil je daarom foto's van deze tijd op de dansacademie.'

'Toe, joh!' Chrissy geeft hem een stomp tegen zijn bovenarm. 'Zeg niet van die stomme dingen.'

'Excuus.' Stefan maakt een hoffelijke buiging.

'Ik vergeef het je,' grinnikt Sara terwijl ze het lokaal inspecteert. 'Coole ruimte.'

Chrissy loopt naar de EHBO kist en pakt twee grote plukken watten die ze aan Esther geeft.

'Wat moet ik daar mee?'

'In uw oren stoppen. We gaan knallen en dan staat de muziek hard.'

Esther werpt een schuine blik naar Sara. 'Doen?'

'Natuurlijk!' knikt ze lachend. 'Dan maak ik een foto. Voor later!'

Esther wordt met plukken watten in haar oren gefotografeerd.

Sara heeft geen spijt dat ze Esther mee naar binnen heeft genomen Ze doet leuk, dringt zich niet op, bemoeit zich nergens mee, maar is wel geïnteresseerd.

Sara heeft thuis haar danskleding aangetrokken en hoeft alleen andere schoenen aan te doen.

Ze beginnen met de warming-up.

Esther herinnert zich dat ze vroeger, toen ze turnde, dezelfde oefeningen deed.

'Tijdens het dansen doen we ook turnoefeningen,' zegt Stefan. 'Hiphoppers, streetdancers en breakdancers moeten allround zijn. Lenig, sterk, acrobatisch, ritmisch, enzovoort enzovoort.'

'Bruggetjes, flikflakken, salto's,' vult Sara aan.

'Doe jij dat ook?' Esther staart Sara met grote verbaasde ogen aan.

'Ja! Maar ik kan alles nog niet goed. Ik oefen wel eens in de achtertuin. Nooit gezien?'

Esther schudt het hoofd.

Na de warming-up poseren ze voor Esther die een paar foto's met haar digitale camera maakt.

'Kan de muziek aan?' vraagt Stefan. Hij heeft een cd gebrand waarop hij allerlei muziekstukjes aan elkaar heeft gemixt.

Chrissy merkt net op tijd dat ze haar zilveren ketting nog om heeft. Tijdens het dansen mogen geen kettingen, oorbellen, armbanden of ringen gedragen worden. In de eerste twee weken werd dat tijdens het begin van de les gecontroleerd. Nu moeten ze er zelf aan denken. Het is voor de eigen veiligheid.

Ze zoeken een plek in de zaal en beginnen met een Bodyroll. Langzaam bouwen ze de dans op. Steeds sneller en energieker.

Sara's gedachten gaan vanzelf weer naar Eise.

Wat wil hij? Waarom is zijn ex kwaad op hem?

'Kicken!' roept Stefan als Sara even niet weet wat ze moet doen.

Esther beweegt zich onopvallend door het lokaal om foto's te maken, zonder de dansers daarbij te hinderen.

Als het drietal pauzeert, legt Sara aan Esther uit wat een Kick-ball-change is.

'Het hoort echt bij hiphop,' vertelt ze wanneer ze naar het midden van het lokaal loopt. 'Je kickt met je voet en komt weer met de voet die je gekickt hebt op de grond terecht. Op de bal van de voet. Kijk maar.' Sara doet het voor. 'Nu verander ik van been, door het óf in de lucht óf opzij tegen de grond te tikken. Een heerlijke sprong! Het voelt alsof ik opeens heel veel kracht heb.'

'Het doet me denken aan een Oosterse vechtfilm,' grijnst Esther. 'Dan springen ze ook omhoog en schoppen de benen in de lucht.'

Na een minuut of twintig vertrekt Esther naar haar vriendin.

'Ik hoor wel wanneer ik je moet halen!' roept ze vanuit de deuropening.

'Het kan laat worden,' roept Sara terug.

'Geeft niks. Ik raak nooit uitgepraat met mijn vriendin.'

Het drietal danst verder en oefent eerst de verschillende armbewegingen uit de dans. Daarna gaan ze verder met allerlei sprongen, waaronder aansluitpasjes, de Slide en Snake.

Ze hebben plezier, omdat het goed gaat.

Tijdens een waterpauze, begint Chrissy over Eise.

'Hoe is het met die lieverd?!'

'Ik heb een mail van hem gekregen.'

'Poeslief?'

'Ja,' Sara grinnikt. 'Ik had net afgesproken dat ik met jullie zou dansen.'

'Wat schreef hij.'

'Sorry, dat ik kortaf was. Ik zat midden in een gesprek. Je vroeg wie Carlijn was. Mijn ex! Ze heeft je gesproken, zei ze. Geen idee wat ze heeft verteld. Carlijn is nogal jaloers. Niets van aantrekken dus. Zullen we vanavond afspreken. Ik kan naar Hevelem komen. Geef maar een seintje. Tot gauw,' citeert Sara.

'Volgens mij heb je getwijfeld,' onderbreekt Chrissy.

'Heel even,' geeft ze toe. 'Maar dansen gaat voor.'

Chrissy applaudisseert. 'Je wordt eindelijk verstandig. Dansen is belangrijker dan jongens.'

'Wat zei je?' Stefan komt dreigend op Chrissy af en doet alsof hij haar van de grond wil tillen.

Chrissy rent gillend naar de andere kant. 'Genade!'

'Klef stel,' scheldt Sara.

Ze lachen.

'Vertel verder!' Chrissy maakt een uitnodigend gebaar.

'Ik heb niet veel te vertellen.'

'Heb je teruggemaild?'

'Ja. Dat ik niet kan, omdat ik met jullie zou gaan dansen.'

'Keihard,' vindt Chrissy.

Stefan komt dichterbij staan. 'Ik hoorde van Chrissy dat jij sinds kort met Eise Terlaak verkering hebt.'

'Ken je hem?'

'Eerst zei het me niets. Ik heb die naam vaker gehoord. Volgens mij heeft hij verkering met Carlijn. Ze woont in de buurt van mijn opa en oma. Ik spreek haar wel eens.'

'Niet meer,' meldt Sara.

'Is ze verhuisd?'

'Nee,' giechelt Sara. 'Ze is de ex van Eise.'

Stefan fronst zijn voorhoofd. 'Vorige week waren ze nog heel close.'

'Hij heeft me vandaag gemaild dat Carlijn zijn ex is.'

Chrissy perst haar lippen afkeurend op elkaar en legt nog eens uit dat ze Eise niet vertrouwt. 'Waarom heeft hij twee e-mailadressen met de naam Eise1 en Eise2?'

'Dat weet ik niet.'

'Dat heeft een reden,' beweert Chrissy.

'Carlijn is een leuk meisje,' weet Stefan te vertellen. 'Geen bitch.'

Sara haalt haar schouders op. Wat moet ze met die kennis?

'Spreek je met hem af?'

'Waarom niet?'

Chrissy rolt met haar ogen. 'Niet doen.'

Sara zwijgt.

'Doe het dan na maandag. Eerst dansen!'

Stefan slaat een arm om Chrissy's schouder en trekt haar naar zich toe. 'Sara moet lekker zelf weten wat ze doet.'

'Zullen we de preparatie oefenen en daarna de hele dans?'

Chrissy verandert het onderwerp met opzet.

De muziek wordt gestart.

Sara merkt dat het dansen na dit gesprek over Eise, minder goed gaat. Ze moet ophouden met denken. Maar hoe doe je dat?

Natuurlijk is het verstandiger om haar aandacht eerst op de evaluatie te richten en pas na maandag met hem af te spreken.

Tegen half tien stoppen ze. Moe, maar voldaan! Sara wil Esther bellen, maar Stefan nodigt de meisjes uit om mee te gaan naar het restaurant op het plein om nog even iets te drinken.

'Ik ben in een gulle bui en dat komt maar weinig voor.'

'Doen we!' roepen de meiden in koor.

Stefan sluit het gebouw af.

Het restaurant is dichtbij.

Op het marktplein blijft Stefan plotseling staan. 'Toeval be-staat niet. Volgens mij staat Carlijn daarginds.'

Sara kijkt naar het meisje in de rode jas dat met een paar vriendinnen in het licht van een lantaarn staat te praten.

Stefan roept haar.

'Wat doe je,' schrikt Sara.

Carlijn herkent Sara en komt onmiddellijk naar het drietal toe.

'Dus jij bent de nieuwe vriendin van Eise?' Haar stem trilt.

'Blijkbaar,' antwoordt Sara.

'Moet ik je feliciteren?'

'Dat mag.'

'Het geeft hem een kick om er twee vriendinnen op na te houden. Hij ziet dat als een leuk spelletje! Daar ben ik nu wel achter. Ik heb me vergist in hem, ik zou maar oppassen als ik jou was.'

'Ik wist het niet,' stamelt Sara.

'Zie je wel,' fluistert Chrissy. 'Hij is niet te vertrouwen.'

Het wordt even zwart voor Sara's ogen.

De mail van Eise1 was niet voor haar, maar voor Carlijn bedoeld.

Zou Eise1 'de vriend' van Carlijn zijn?

En Eise2 'de vriend' van haar?

Puzzelstukjes lijken op hun plek te vallen.

Of zit Carlijn de boel op te stoken?

Gunt ze het Eise en Sara niet?

25

Vergissing

Iedereen van groep 1D heeft het gevoel nog een lang weekend te kunnen oefenen. Maar wie nadenkt, beseft dat het weekend maar twee dagen heeft. De dag van het evaluatiemoment komt te snel dichterbij.

Op allerlei plaatsen wordt geoefend om de puntjes op de i te kunnen zetten. In een loods, tussen strobalen in een boerenschuur, op zolderkamers, achtertuinen, huiskamers en zelfs in de badkamer voor een grote spiegel.

Sara, Chrissy en Stefan oefenen zaterdagmiddag nog eenmaal in de BSO ruimte.

Omdat het gezellig is met de andere twee, denkt Sara steeds minder aan Eise.

Hij is een leuke jongen, die zijn uiterlijk mee heeft. Modern kapsel, leuke kleren, mooie ogen...

En zo'n jongen wordt verliefd op haar.

Een droom die werkelijkheid wordt.

Nu lijkt alles een andere wending te nemen.

Zou hij, als ze Carlijn moet geloven, bezig zijn geweest met dubbeldaten?

Waarom zou hij zoiets doen?

Kan hij geen keuze maken?

Het zou eerlijker zijn geweest als hij open kaart had gespeeld.

Het kan iedereen overkomen dat je twijfelt en niet precies weet wat je voor een ander voelt. Maar het is stijlloos om met gevoelens van anderen te spelen.

Eise waarschuwde haar voor Carlijn; ze zou jaloers zijn.

Carlijn waarschuwde haar voor die bedrieger.

Wat is waar?

Wie heeft gelijk?

'Als Eise echt verliefd is en voor jou kiest, dan vecht hij voor je,' zei Chrissy. 'Dan haalt hij alles uit de kast om jou te overtuigen van zijn gevoelens. Doet hij dat niet, dan kun je het shaken. Dan is hij een onbetrouwbaar persoon, waar je geen energie in moet steken.'

'Het begon zo romantisch,' zegt ze zwakjes.

Chrissy schudt het hoofd. 'Ik vond het helemaal niet romantisch. Het was raar. Je wist helemaal niet wie hij was.'

Sara weet dat Chrissy gelijk heeft. Toch vond ze het spannend om de brief onder de boom weg te halen en te reageren.

Wie zou het niet doen?

Het is en blijft verwarrend.

Na vrijdag heeft ze niets meer van Eise gehoord.

Zaterdagavond heeft ze op het punt gestaan om hem een e-mail te sturen omdat hij een afspraak met haar wilde maken. Uiteindelijk heeft ze niets van zich laten horen.

Zondagmiddag komen Chrissy en Stefan op de fiets naar Hevelem.

'Hier zijn we!' lacht Chrissy wanneer ze samen met Stefan het erf op fietst en voor Sara tot stilstand komt. 'Klaar voor de generale repetitie?'

'Helemaal!' knikt Sara met een stoer gezicht.

Esther en Martin begroeten de dansers. Als ze willen, mogen ze binnen in de woonkamer dansen. Sara wil in de achtertuin. Het grasveld is vlak, dat kan dus prima.

'Mogen we even naar jullie kijken?' vraagt Martin. 'Esther was zo enthousiast over die keer dat ze er bij was om foto's te maken.'

Sara schudt resoluut het hoofd. 'Ik heb gehoord dat je geen publiek bij de generale repetitie mag toelaten. Dan slaat het noodlot toe. Ik ben niet bijgelovig, maar volgens mij is het beter dat er geen pottenkijkers zijn.'
'Duidelijk,' mompelt Martin quasi teleurgesteld. 'Maar ik ben niet voor één gat te vangen. Vanaf de zolder kan ik jullie in de tuin zien dansen.'
'Dat geeft problemen,' waarschuwt Sara.
'Als het misgaat, is het mijn schuld.'
'Dan is het te laat.'

Tijdens het theedrinken, herhaalt Esther nog eens dat ze onder de indruk is van hun dansprestaties. 'Toen ik jullie in die BSO zag, was ik verbaasd over het hoge niveau.'
'We werken hard,' zegt Chrissy.
Martin vraagt zich af hoe het mogelijk is dat dansers ingewikkelde choreografieën kunnen dansen. 'Hoe leer je dat?'
'Door te oefenen,' antwoordt Sara.
'En nog eens oefenen!' lacht Stefan. 'Niemand kan in één keer een dans instuderen.'
'En als het niet lukt?'
Chrissy steekt haar tong uit. 'Dat is balen.'
'Als een stekker,' vult Sara aan.
'Als bepaalde bewegingen niet lukken, heb ik er de smoor in. Meestal loop ik dan vast met de rest van de dans, omdat je dat ene stukje nog mist. Het is erg vervelend als je de dans op muziek doet en er is iedere keer een stukje dat je niet mee kunt doen. Ik probeer het wel, maar op de muziek gaat het dan vaak nog te snel. Meestal vraag ik de docent of hij de beweging nog eens uit wil leggen. Als het dan langzaam lukt, oefen ik het liefst nog een aantal keren op tel. Dan gaat het wat sneller. Daarna dans ik het gewoon achter

elkaar op muziek en lukt het vanzelf. Thuis oefen ik veel. Vooral de dingen die ik nog niet onder de knie heb. Soms heb ik overal blauwe plekken, maar ik geef nooit op. Onze docenten filmen ons vaak. We bekijken dan de film en kun je zelf ook goed zien waar je kan verbeteren.'

'Hoe zal het morgen gaan?' Esther kijkt hen beurtelings aan.

'Goed,' beweert Stefan.

Sara en Chrissy kijken hem geschrokken aan.

'Dat mag je niet hardop zeggen,' fluistert Chrissy. 'Je tart het noodlot.'

Stefans doet zijn armen omhoog. 'Vreselijk! Het spijt me. Kan ik het nog goed maken?'

'Daarover zal ik nadenken,' knipoogt ze.

Buiten is de bewolking toegenomen, waardoor het kouder is geworden.

De meisjes steken hun haar op om geen last te hebben van zwiepende haarlokken in het gezicht.

Zoals altijd doen ze eerst een warming-up.

Sara heeft een cd-speler op een bankje naast de schuur gezet.

Het dansen gaat lekker! Ze zitten er allemaal goed in.

Als het morgen ook zo zal gaan, hoeven ze nergens over in te zitten.

De meisjes zijn beiden bang dat ze te veel last van hun zenuwen zullen hebben.

'Het is een kwestie van concentratie' zegt Stefan. 'Je moet niet denken aan mensen die ergens langs de zijkant van de danszaal naar ons zitten te kijken. Je moet gewoon genieten van het dansen.'

Sara laat zich languit in het koude gras vallen. 'Gewoon genieten, terwijl de zenuwen door mijn keel gieren.

Hoe doe je dat?'

Chrissy ploft naast Sara in het gras en slaat de armen om haar opgetrokken benen. 'Het lukt me niet.'

'Het hoeft niet perfect, als je maar laat merken dat je geniet. Mensen die kijken, zullen dat voelen.'

'Ik ben bang dat ik struikel,' fluistert Chrissy.

'Is dat wel eens gebeurd?' wil Sara weten.

'Nooit.'

'Waarom zou je morgen wel struikelen?'

'Eens moet de eerste keer zijn.'

'Ophouden met zeuren!' Stefan klapt in zijn handen. 'We doen de hele dans nog één keer.'

De meisjes zoeken een plek in het gras en wachten tot Stefan de muziek start.

Deze keer gaat het dansen minder. Ze moeten er zelf om lachen.

'Wat kan het schelen!' Sara schokt met haar schouders. 'We blijven toch dansen!'

'Yeah!' roept Chrissy met haar armen in de lucht.

Ze gaan naar binnen.

'Laat Eise nog wat van zich horen?' vraagt Chrissy als Sara haar mail gaat checken.

'Nope.'

'Goedzo! Wees blij dat Eise uit je hoofd is.'

'Wie zegt dat?'

Chrissy draait haar hoofd met een ruk om. 'Is dat niet zo?'

Sara haalt haar schouders op. 'Ik wil eerst weten wat er precies aan de hand is.'

Chrissy wil iets zeggen, maar bedenkt zich op het laatste moment. Ze wil geen ruzie. Maar als Sara verstandig is, laat ze Eise barsten!

Chrissy en Stefan gaan terug naar Roosburch.

Sara zwaait hen uit.

In de verte klinkt een indringend motorgeluid.

Sara knijpt haar ogen samen tot smalle spleetjes en tuurt naar de bosrand.

Er nadert iemand op een scooter.

Eise!

Ze loopt naar de weg en blijft wachten tot hij bij haar is.

Langzaam komt de scooter tot stilstand. Hij zet zijn helm af.

'Hallo.' Zijn stem klinkt zacht. 'Hoe is het?'

'Goed. Met jou?'

Sara voelt de spanning die tussen hen hangt.

Durft hij geen kus te geven?

Wacht hij totdat zij naar hem toe komt?

'Hoe lang heb je verkering met Carlijn gehad?'

'Twee maanden.'

'Waarom heb je het uitgemaakt?'

Eise prutst aan een remkabel. 'Het was niet uit tussen ons.'

Sara voelt een schok door haar heen gaan. Dus toch! Ze klemt haar kaken op elkaar.

'Ik probeerde jou te versieren. Zij kwam erachter en was razend.'

'Wat heb ik me in hem vergist,' denkt Sara.

'Wat nu?'

'Ik hoef nu niet meer stiekem te doen. Wij kunnen gewoon...'

'Wij?! Je denkt toch niet...?!'

'Ik werd verliefd op jou. Dat overkwam me. Ik vond het moeilijk om dat aan Carlijn te vertellen. Dat snap je toch wel?'

'Zo ga je toch niet met mensen om?'

'Ik heb voor jou gekozen.'

'Ik niet voor jou. Bovendien heb je helemaal niet voor mij gekozen, het is dat Carlijn erachter kwam!'

Hij staart haar verbaasd aan.

Ik heb het gehad met je,' zegt Sara met trillende stem. 'Het was allemaal een vergissing.'

Sara draait zich om.

'Sara?'

Zwijgend loopt ze in de richting van de boerderij. 'Ik hoef je niet meer te zien.'

Even hoopt ze dat hij haar achterna komt, maar dat doet hij niet.

Achter haar wordt de scooter gestart.

'Leugenaar,' sist ze en veegt met haar mouw de tranen van haar wang.

Bij de achterdeur luistert ze naar het wegstervende geluid van zijn scooter.

Ze schaamt zich, dat ze zo naïef is geweest. Dat ze zich blindelings in een avontuur heeft gestort.

Eise was een vergissing.

Ze zal proberen hem zo snel mogelijk te vergeten.

26

Verloren

Een week geleden sloot hij die weddenschap met zichzelf.
Het was de vraag of hij er twee vriendinnen op na kon houden, zonder dat ze dat van elkaar wisten.
Carlijn wilde hij niet kwijt. Sara was er leuk bij. Dat hij haar zo gemakkelijk kon versieren, had hij niet verwacht.
Alles duurde een paar dagen. Het ging gelijk mis; ruzie, ergernis en wantrouwen.
Carlijn heeft het uitgemaakt.
Sara ook.
Hij dacht alles te hebben.
Nu heeft hij niets.

Het grote moment!

Robin, de vijftienjarige broer van Chrissy, wacht maandagochtend om zeven uur zijn nerveuze zusje in de keuken op. Chrissy groet hem binnensmonds. Ze heeft geen zin om sociaal te doen.

Hij blijft voor haar staan en inspecteert haar gezicht. 'Wat zie je eruit! Je hebt wallen onder de ogen.'

'Wieberen.'

'Heb je geen oog dichtgedaan?'

'Ik moet dansen.'

'Er is meer in het leven dan dat. De Roosburchse schaakclub bijvoorbeeld.'

Chrissy kan er niet om lachen.

'De volgende keer ga ik bij de ingang van Dans Academie Roosburch staan om literblikken anti-wallencrème te verkopen. Ik word stinkend rijk.'

Chrissy produceert een vermoeid lachje.

Tijdens het ontbijt krijgt ze geen hap door haar keel.

'Probeer toch wat te eten,' dringt haar moeder aan.

Chrissy smeert een paar boterhammen en doet ze in een lunchtrommeltje om mee te nemen.

Om half acht stapt ze op haar fiets en wordt nagezwaaid door haar ouders en Robin.

Chrissy heeft met Sara afgesproken om bij het kruispunt op elkaar te wachten.

Sara staat er al.

Ze lachen zenuwachtig naar elkaar.

'Eise is finito!' zegt Sara plompverloren.

'Goedzo.'

Sara vertelt over het gesprek dat ze met hem heeft gehad.
'Hij was een vergissing en dat heb ik hem gezegd.'
Doet hij zijn best om je te houden?'
Sara haalt haar schouders op. 'Ik ben duidelijk geweest. Ik
wil niets te maken hebben met mensen die liegen!
'Knap van je, vond je het moeilijk?'
'Ach, leuk is anders, maar het deed me wel goed om voor
mezelf op te komen.'
'Was deze dag maar voorbij,' zucht Chrissy.
Sara steekt haar arm uit en laat haar hand overdreven tril-
len.
'Laat jij je verleiden?' Chrissy kijkt Sara vragend aan.
'Ik niet! Eise maakt geen schijn van kans meer bij mij.'
Ze zijn de eerste van groep 1D die de danszaal binnenstap-
pen.
Leine en Lars zijn druk bezig met het neerzetten van een
paar tafels waarachter straks docenten zullen plaats-
nemen.
'Mogen we oefenen?' vraagt Sara.
Lars kijkt op de klok. 'Een half uur.'
Ze kleden zich haastig om.
Tijdens de warming-up druppelen er meer leerlingen van
klas 1D binnen. De ene nog witter dan de ander.
Lars probeert hen aan het lachen te krijgen, maar heeft wei-
nig succes.
'Ik hoop dat jullie straks om de uitstraling denken. Wie
weet lukt het jullie een lachje op jullie mond te toveren.'
De spanning is om te snijden.
De docenten die de leerlingen zullen beoordelen komen de
danszaal binnen met ieder een map onder hun arm. Twee
vrouwen en twee mannen.
Drie van hen geven les op de dansacademie van Roosburch.

De andere man is iemand uit het dansvak. De leerlingen worden verzocht op de bank plaats te nemen. Edith houdt een korte toespraak en stelt de mensen achter de tafel voor. Daarna worden de namen van de dansers genoemd. 'Iedereen is aanwezig,' zegt ze. 'Daar ben ik blij om. Het zou jammer zijn als één van jullie verhinderd zou zijn. Zoals jullie weten, wordt er vandaag naar ieder van jullie gekeken. Later krijgen jullie het rapport, waarin alle specifieke onderdelen van het dansen worden beoordeeld. Elke danser krijgt een analyse waarin ook punten van aandacht vermeld zullen worden. Dat zijn de dingen waar jullie nog aan moeten werken. We beginnen met een gezamenlijk optreden. Daarna doet iedereen om de beurt zijn of haar solo. Moet er nog iemand naar het toilet?'

'Ja!' roepen zes meisjes tegelijk.

Ze kijken elkaar verbaasd aan en schieten in de lach.

Tien minuten later gaat het dan echt beginnen.

Lars spreekt de groep toe. 'Jullie kunnen het. Een foutje maken is niet erg. Haal maar een paar keer diep adem. Als je de muziek hoort, laat je alle gedachten los. Dan ga je dansen. Daarvoor zijn jullie hier. Laat je niet afleiden. Concentreer je op het dansen.' Lars steekt zijn duim op.

Leine staat bij de geluidsinstallatie en wacht geduldig totdat iedereen zijn positie heeft opgezocht. De muziek wordt gestart. Zodra de vertrouwde klanken door de danszaal klinken, ebt de spanning bij de leerlingen weg.

Sara en Elmy worden door Rachid en Coen opgetild. Even dreigt het fout te gaan, als Rachid haar been niet goed vastpakt. Maar Coen reageert goed. De dubbele flikflak van Stefan maakt indruk. De spagaat van Quinty, Vera en Anne lukt voor het eerst helemaal. Rachid maakt een super salto.

Sara en Chrissy doen vier Snake's achter elkaar. Vrijwel tegelijk. Beter kon het haast niet.

Iedereen zit goed in de dans.

Behalve Nynke. Ze mist een sprong, omdat ze niet goed uitkomt en is er een paar tellen af.

'Kom op! Doorgaan! Hoofd rechtop!' moedigt Leine vanaf de zijlijn aan.

Op een paar schoonheidsfoutjes na gaat de groepsdans goed.

Er wordt geapplaudisseerd.

Lars laat merken dat hij heel tevreden is. 'Ik had erger verwacht,' fluistert hij plagend. 'Wat een zenuwentoestand in het begin!'

In een korte pauze vult iedereen zijn of haar flesje water bij.

De docenten overleggen. Hoewel het niet gepland was, wil de voorzitter graag iets zeggen.

Hij prijst de jongens en meisjes van 1D de hemel in. 'Om eerlijk te zijn, hadden wij niet verwacht dat het niveau zo hoog zou zijn. Wij zijn onder de indruk van jullie prestaties. Het was niet perfect, maar dat jullie zeer getalenteerde dansers zijn, is duidelijk. We beginnen nu met de solo's. Probeer je zenuwen de baas te blijven,' besluit hij met een plagende knipoog. 'Jullie hebben al laten zien geweldige dansers te zijn.'

'Wow.' Chrissy kijkt trots naar Sara. 'Dit kan niet meer misgaan.'

De leerlingen worden op alfabetische volgorde opgeroepen.

Coen struikelt tijdens het dansen. Hij kijkt teleurgesteld en verbaasd om zich heen. Dit is hem nooit eerder overkomen. Hij staat snel op, wacht een paar tellen en danst verder, alsof er niets gebeurd is.

'Wat sneu,' fluistert Chrissy.

Sara slikt. 'Het kan iedereen gebeuren.'

Nynke en Vera dansen te snel, waardoor veel bewegingen niet goed worden afgewerkt.

'Ze zijn te haastig,' merkt Chrissy op.

'Ben benieuwd wat jij doet als je er staat.'

'Ik ook,' giechelt Chrissy.

Na elke danser worden er een paar opmerkingen gemaakt.

Je bent een technische danser!

Zoveel respect dat je dat doet.

Veelzijdig!

Je hebt talent getoond!

Jouw uitstraling is geweldig. Wat een energie!

Je bent een topdanser als je zoiets kunt brengen. Geweldig, die pointes. Je hart ligt bij klassiek ballet, maar de feeling met hiphop komt wel.

De acrobatiek is fenomenaal. Wat een kracht. Alles in evenwicht....!

Sara is aan de beurt.

'Niet aan Eise denken,' fluistert Chrissy.

'Wie is dat?' Met die woorden loopt Sara naar het midden van de zaal. Van Eise wil ze niets meer weten. Ze is klaar met hem. Dat zal ze laten zien ook! 'Ik ga knallen,' verzekert ze.

En dat doet Sara.

Lars en Leine stoten elkaar opgelucht aan, omdat ze zien dat Sara vanuit haar tenen danst. Dat was de afgelopen dagen heel anders. Ze doet het geweldig.

Glunderend loopt ze na afloop naar de bank terug.

Dansen is voor jou weggelegd,' zegt een docent.

'Zeker weten,' lacht ze over haar schouders.

Dan is Chrissy aan de beurt.

'Niet aan Stefan denken,' grijnst Sara.

'Dansen gaat voor,' mompelt Chrissy.

'Gelijk heb je.'

Chrissy is niet zo zelfverzekerd als Sara. Ze is wat trillerig en heeft meer tijd nodig om zich te concentreren. Dan geeft ze Leine het seintje dat de muziek gestart mag worden. Ze begint aarzelend, maar wanneer ze in haar sprong zijwaarts kickt, komt ze meteen in haar dans. Vanaf dat moment gaat het geweldig. De spagaat lukt niet helemaal, maar dat is niet erg.

Chrissy knalt!

Stefan kijkt ademloos toe. Hij is trots op haar.

Na anderhalf uur, rondt de voorzitter het af. 'Wij hebben genoten van deze evaluatie. Jullie zijn de eerste groep die op deze academie de vooropleiding gestart zijn. We wisten niet wat we konden verwachten. Tijdens de audities is men streng geweest. Er zijn toen hoge eisen gesteld. Daardoor merken we nu dat jullie het goed doen. De meeste van jullie hadden last van zenuwen. Dat is begrijpelijk. Jullie zullen moeten wennen aan deze evaluaties. Tijdens de solo's hebben we aantekeningen gemaakt. Die verwerken we in een rapport. Binnen twee weken zal dat door Edith aan jullie overhandigd worden.'

Er valt een stilte.

'Zijn er vragen?' Edith kijkt in het rond.

Stefan schraapt zijn keel. 'Ik heb een belangrijke vraag. Mogen we allemaal op de academie blijven?'

'Natuurlijk!' lacht de voorzitter verwonderd. 'Jullie denken toch niet dat we één van jullie van de opleiding afhalen?'

Opgelucht valt iedereen elkaar om de hals.

'Dit hebben we gehad,' zucht Sara opgelucht en kijkt Chrissy aan. 'Nog bedankt.'

'Waarvoor?'

'Dat gedoe met Eise.'

'Ja, het had mis kunnen gaan.'

'Dansen is belangrijker dan jongens.'

'Daar ben ik het niet helemaal mee eens,' grinnikt Chrissy en werpt Stefan een kushandje toe.

Verschenen titels
4-Ever Dance

Nooit opgeven!

Dans met mij!

Over de auteur

Opgegroeid in een stimulerend gezin, ervoer Henriëtte Kan Hemmink al op haar zesde de zeldzame sensatie van wat een pakkend boek met je doet. Na werk in de journalis-

Foto: Herbert Boland

tiek kwam het moeder worden en opvoeden van vier dochters. Maar schrijven is als ademhalen: ze kan niet zonder. Met haar kinderen als onuitputtelijk bron van karakters en ervaringen, ontstond een indrukwekkende reeks van kinderboeken. Geen onderwerp blijft onbesproken. Enkele voorbeelden hiervan zijn onbegrip, afreageren, dierproeven, jaloezie, verliefd zijn, een handicap hebben, de dood, helderziend zijn, en eenzaamheid. Maar altijd is er een fantasievol, spannend en herkenbaar plot, waardoor ook moeilijke onderwerpen licht en toegankelijk worden.

En dat is ook wat Henriëtte voor ogen heeft: Wegdromen in een avontuur en daarbij toch iets hebben om over na te denken.

4Ever Dance

De serie 4Ever Dance is een prachtige gloednieuwe reeks waarin Henriëtte haar jonge lezers meeneemt in een wereld van talent en roem, maar ook afgunst en teleurstelling. Van bevlogenheid en sterk zijn, maar ook van durven stilstaan bij wat je echt belangrijk vindt en wat je echt voelt. En dat alles in de wervelende wereld van dans en muziek, waarin iedereen een idool kan worden. Of er in ieder geval van mag dromen!